KB271655

초콜릿

Sabor a chocholate
by José Carlos Carmona

Copyright © SANTILLANA EDICIONES GENERALES, S.L.
Korean Translation Copyright © ESOOPE Publishing Co., 2011
All rights reserved.

This Korean edition is published through agreement with
SANTILLANA EDICIONES GENERALES, S.L., madrid, Spain, 2011.

이 책의 한국어판 저작권은 저작권자 산틸라나 에디시오네스와의 독점계약으로 이숲에 있습니다.
저작권법에 의해 한국 내에서 보호를 받는 저작물이므로
무단전재와 무단복제를 금합니다.

sabor a chocolate

초콜릿

호세 카를로스 카르모나 지음

정세영 옮김

1

엘레아노르 트랩은 스위스에서 공장을 운영했다.

초콜릿 공장이었다.

엘레아노르 트랩은 금주령이 발효한 시기 미국에 정착하여 이름을 미국식으로 바꾼 헝가리계 미국인 후손이었다.

엘레아노르 트랩은 어릴 때부터 오른쪽 다리를 절었다.

1960년대 엘레아노르의 고모부 아드리안 트로아덱은 그녀를 스위스로 불렀다.

그렇게 엘레아노르는 스물세 살에 선조가 살았던 유럽 땅을 처음 밟았다.

그리고 그 순간 초콜릿은 그녀의 운명이 되었지만, 당시 그녀는 그 사실을 모르고 있었다.

2

난생처음 비행기 여행을 마치고 제네바 공항에 내렸을
때, 멀미에 시달리던 엘레아노르는 처음 보는 스위스
땅에 먹은 것을 모두 토해놓았다. 그리고 다시는 비행
기를 타지 않겠다고 결심했다. 하지만 그녀는 그 결심
을 지키지 못했다.

공항에는 아드리안 트로아덱이 그녀를 기다리고 있었
다. 그의 숱진 콧수염은 끝이 말려 위로 올라가 있었다.
건장한 체구에 어울리지 않게 작은 깃털 장식이 달린
초록색 모자를 쓰고 있는 그녀의 고모부는 강한 인상을
풍겼다.

엘레아노르는 두려웠다. 그녀는 난생처음 혼자가 되었
다. 그것도 처음 와본 낯선 나라에서 혼자가 되었다. 그
리고 난생처음 고모부 아드리안 트로아덱을 만났다.

3

엘레아노르는 처음 보는 낯선 나라에 경계심을 품었으
나, 머지않아 스위스가 세상에서 가장 아름다운 나라라
는 사실을 알게 되었다.

때는 1963년 가을이었다.

마틴 루터 킹은 온 세상을 향해 "내게는 꿈이 있다."라
고 외쳤다.

엘레아노르는 스물세 살이었다.

4

아드리안 트로아덱은 앞으로 엘레아노르가 일하게 될
작은 초콜릿 공장으로 그녀를 데려갔다.

초콜릿 공장을 둘러보면서 아드리안은 숱진 콧수염을
실룩이며 처음으로 그녀에게 미소 지었다.

그는 홀아비였고 자식도 없었다.

엘레아노르는 이 초콜릿 공장이 언젠가 자기 소유가 되
리라는 것을 알았다.

눈에 보이는 모든 것이 자기 소유가 되리라는 것을 알
고 나자, 엘레아노르는 기계에 담겨 있던 초콜릿을 손
가락으로 찍어 맛을 보았다.

"단맛이 더 나야 할 것 같아요!" 엘레아노르가 말했다.

아드리안은 아무 말도 하지 않았지만, 드디어 은퇴할
때가 되었음을 직감했다.

그는 당차고 발랄한 질녀를 내려다보면서 이미 세상을

떠난 알마를 생각했다.
그의 가슴에 갑자기 견딜 수 없이 그리움이 밀려왔다.

5

알마 트라폴리는 고등학교 음악반에서 첼로를 연주했다.
때는 1922년. 파시스트들이 로마로 진격하고 있었다.
그녀는 열여섯 살이었다.

그녀가 다른 소녀들과 함께 있을 때에도 아드리안의 눈에는 아름다운 그녀의 모습만 보였다. 그녀는 이 세상 어떤 여자와도 다른, 매우 특별한 존재였다.

하지만 그가 그녀와 아는 사이가 되기까지에는 여러 해가 걸렸다. 그는 그녀가 출연하는 학교 연주회를 한 번도 빠지지 않고 보러 갔고, 그녀가 고등학교를 졸업하자, 도시의 모든 연주회에 쫓아다녀서 결국 그녀가 시립 음악원에 다니고 있다는 사실을 알아냈다.

당시 아드리안은 젖소 냄새를 풍기며 집집이 우유를 배달하던 건장한 체구의 젊은이였다.

6

아드리안은 알마의 마음에 들기 위해 모든 수단을 동원했다.

그는 늘 세밀하고 정교하게 장기적인 계획을 세웠다. 그 계획의 하나로 시립 음악원에 청강생으로 등록하여 첼로를 배웠다. 하지만, 선생들은 그의 큰 키를 고려하여 콘트라베이스를 추천했다.

그러나 2개월이 채 지나기도 전에 선생들은 음을 제대로 구별하지 못하는 그에게 음악을 포기하는 편이 낫겠다고 충고했다.

첫 번째 계획이 실패로 돌아가자, 아드리안은 시립 음악원에 일자리를 얻으려고 노력했다. 되도록 무대 위에서 할 수 있는 일을 찾았지만, 음악원에 그런 일자리는 없었다.

그러던 어느 날, 그는 자신이 우유를 배달하는 집 가운데 시립 음악원 원장이자 시립 오케스트라 단장의 집이 있다는 사실을 알게 되었다. 그날부터 그는 원장과 친해지려고 애썼다. 하지만 무슨 연유인지, 이 거장과는 두세 마디 이상 대화가 이어지지 않았다.

어느 날 아침 아드리안은 원장이 집에 없을 때 우유를 배달하다가 부엌으로 가는 길에 응접실 테이블에 놓인 체스판을 보았다. 체스판은 대국이 한참 진행 중인 상태였다.

"체스를 배워야겠어." 그는 혼잣말로 중얼거렸다.

젊은 아드리안은 사랑을 쟁취하기 위해 체스를 배우기 시작했다. 그렇게 알마를 향한 사랑은 그의 첫 번째 체스 교사가 되었다.

7

그의 두 번째 체스 교사의 이름은 알렉산더 알렉킨이었다. 1920년 최초의 소련 체스 챔피언이었던 그는 얼마 전 스위스 로잔으로 거처를 옮겼다.

알렉산더 알렉킨은 평화롭고 조용한 스위스 로잔에서 세계 체스대회 출전을 준비하고 있었다. 그는 보 캉통에 살면서 심심풀이로 동네 사람들에게 돈을 받고 체스를 가르쳐주었다.

알렉킨은 아드리안의 반짝이는 두 눈을 처음 보았을 때 그의 내면에 숨겨진 능력을 직관적으로 간파했다. 알렉킨은 3년 동안 끈질긴 인내심과 극도의 예민함으로 지쳐 쓰러질 때까지, 그리고 결국 아드리안이 스위스 챔피언이 될 때까지 체스를 가르쳤다.

1927년 알렉산더 알렉킨은 스위스를 떠나 세계 체스대회에 참가하여 챔피언이 되었다. 그는 1935년까지 챔피언 타이틀을 지켰으며, 2년 후에 타이틀을 잃었지만, 다시 찾아와 1946년 사망할 때까지 세계 챔피언으로 살았다.

훗날 알렉산더 알렉킨은 아드리안에게 퀸스 갬빗*을 하라고 종용했던 일을 회상했다. 그는 아드리안이 사랑하는 여자와의 만남을 주선해줄 한 남자와 가까워지기 위해 자기 생애에서 3년을 고스란히 바쳤다고 증언했다. 아드리안의 전략은 성공했다. 그는 음악원 원장과 알고 지내는 사이가 되었을뿐더러 체스게임 단짝이 되었다. 원장은 알마 트라폴리의 아버지였다. 스위스 체스 챔피언이 된 아드리안은 우유배달을 그만두었고, 그때부터 젖소 냄새를 풍기지 않게 되었다.

* Queen's gambit: 체스게임이 시작될 때 상대편에게 가치가 낮은 기물을 바치고 전략상 유리한 위치를 차지하는 기술

그러나 알마의 마음을 얻는 일은 쉽지 않았다.

그녀는 밤낮으로 첼로를 연주했고, 프랑스 연애소설을 읽었으며, 아버지 라조스를 무척 사랑했다. 아드리안처럼 헝가리 출신이었던 라조스는 10년 전 헝가리 서남부 페치 지역 오케스트라와 함께 스위스 로잔에서 공연한 연주회가 큰 성공을 거두자, 로잔 음악원의 초청을 받아 원장에 취임하여 스위스에 거주하고 있었다. 알마는 아버지를 사랑했지만, 남동생 기요르기는 좋아하지 않았다. 그녀의 어머니는 오래전에 세상을 떠났다.

알마는 젖소 냄새를 풍기는 젊은 우유배달꾼이 그때까지 체스게임에서 한 번도 져본 적이 없는 아버지를 매번 이기는 것이 몹시 언짢았다.

그러나 그녀의 아버지는 늘 아드리안이라는 젊은이를 칭찬했다. 그가 영리하고, 성실하며, 심지가 곧은 청년이라고 했다. 그리고 그의 음악에 대한 열정에 호감을 품고 있었다. 그러나 아버지가 그 청년을 칭찬할수록 알마는 그를 더욱 경멸하게 되었다.

거장 라조스는 말했다. "체스를 둘 때마다 아드리안은 거의 초인적인 열정과 에너지를 발산하는 것 같아. 마치 그 청년의 내면에 감춰진 힘이 게임에서 이기는 원동력이 되는 것 같단 말이야."

9

아드리안은 결정적인 전략을 세우기 시작했다. 전략이 성공하려면 상대를 잘 알고, 상대의 생각을 읽고, 상대의 약점을 찾아내야 했다. 그렇게 그는 알마를 미행하고, 그녀의 친구들과 친구가 되었으며, 그녀의 아버지와 그녀에 대해 자주 이야기하고, 끊임없이 그녀를 관찰했다.

두 달이 지날 무렵, 그는 알마에 대해 많은 것을 알게 되었다. 알마는 성실하고, 치밀하고, 엄격한 여자였다. 게다가 그녀는 정신적으로나 심리적으로 난공불락의 안정성을 유지하고 있었다.

아드리안은 두 달 동안이나 상대를 연구하고 작전을 세웠지만, 그녀와 가까워질 계기를 찾지 못했다. 그녀와 함께 산책하고, 대화하고, 여름날 저녁 첼로 연습을 마친 그녀를 집에 바래다주고 싶어 마음을 졸일수록 그녀는 음악과 독서가 제공하는 풍요로운 고독 속에 안주하며 아무도, 아무것도 원하지 않았다.

그러나 아드리안은 완벽한 균형감과 안정감으로 한 치의 허점도 보이지 않는 그녀에게도 약점이 있음을 알아냈다. 알마는 연주회를 마치고 나면 원인을 알 수 없는 혼란을 느끼고 더욱 확고하게 바깥세상과 단절된 채 묵중한 첼로 케이스를 메고 서둘러 집으로 향했다. 그리고 평소에 다니는 길에서 벗어나 작은 골목에 있는 오래된 제과점에 들러 과자를 사 먹는다는 사실을, 아드리안은 포착했다.

10

아드리안은 제네바에서 처음으로 체스 국가 챔피언 방어전을 치렀다. 때는 1927년이었고 그의 나이 스물셋이었다. 그의 스승 알렉산더 알렉킨도 그의 경기를 관람하러 파리에서 도착했다.

아드리안에게 그것은 몹시 괴로운 여정이었다. 알마와 한 판의 승부를 겨루기 위해 먼 길을 걸어온 그는 지치고 의기소침한 상태에 있었다. 그리고 그녀와의 대결은 무승부로 끝나려 하고 있었다.

아드리안은 마치 관례적인 절차를 거치듯 처음 몇몇 경기에서 손쉽게 승리를 거뒀다. 그렇게 결승전에 이르자 지난해에도 맞붙었던 상대와 대국에 들어갔다. 오노레 루앙이라는 프랑스인은 전에 그에게서 타이틀을 빼앗은 전력이 있는 인물이었다.

아드리안이 블랙, 그가 화이트를 택했다. 경기 초반에

두 사람은 각자의 폰으로 체스판 중앙을 먼저 차지하려고 다퉜다. 화이트 비숍이 공격을 시도하며 전진했다. 몇 차례 접전 끝에 블랙 퀸은 체스판의 중앙을 장악하려고 전진했지만, 포위당할 위협을 느끼자 이내 후퇴했다. 이번에는 화이트 퀸이 마지막 남은 화이트 폰을 방어하고자 중앙으로 돌격했다. 블랙 폰의 진격은 체스판의 중앙을 압도했고, 화이트 킹의 5번 칸에서 엄청난 살육전이 벌어졌다. 블랙 폰이 화이트 폰을 잡아먹고, 화이트 나이트가 이 블랙 폰을 잡아먹었다. 이번에는 블랙 나이트가 화이트 나이트를 잡아먹었지만, 화이트 퀸에게 잡아먹혔다. 곧이어 블랙 퀸이 복수에 나섰고, 화이트 룩이 블랙 퀸을 제압했다.

11

아드리안 트로아덱은 몇 분 만에 체스판의 반을 비워버린 이 학살의 장면을 지켜보며 문득 삶에 대한 두려움을 느꼈다.

"그래, 우리 삶도 때로 이런 상황에 놓이곤 하지." 그는 속으로 중얼거렸다.

실제로 그는 몇 년 후, 뮌헨과 잘츠부르크에서 가까운 곳에 있는 독일 국경에서 쿠프스타인 병영을 습격한 나치와의 전투에서 죽어가는 전우들을 바라보며 이 대국을 떠올렸다. 하지만 이때만 해도 그런 비극이 일어나리라고는 상상조차 하지 못하고 있었다.

그는 대국에 집중하려고 애쓰면서 블랙 비숍의 엄호를 받는 두 블랙 폰을 이용하여 체스판의 중앙을 점령하는 작전에 성공했다.

아드리안은 이 전투의 성과로 용기를 얻었지만, 피로

가 몰려왔고 몇 초 동안 그는 두려움을 느꼈다. 그는 패배가 두려웠고, 패배가 자신의 사회적 지위를 위태롭게 할 것이 두려웠고, 상황이 악화하여 알마에게서 멀어지게 될지도 모른다는 사실이 두려웠다.

그는 블랙 퀸 옆에 있는 블랙 폰을 이동하여 화이트 폰의 진로를 차단하면서 상대의 기세를 꺾었다. 그러나 그는 너무 성급하게 블랙 룩을 이동하여 방어에 나서는 바람에 2열에 있는 블랙 폰이 적에게 잡아먹혔고, 그 결과로 갇혀 있던 상대의 화이트 폰에 진로를 열어주는 실수를 저질렀다. 이 부주의한 행동으로 그는 측면 통제력과 중앙 주도권을 상실했다.

실수를 저질렀음을 스스로 깨달았을 때, 그는 규칙이 정한 권리대로 심판에게 10분간의 휴식을 요청했다.

12

알렉산더 알렉킨은 묵묵히 아드리안의 대국을 지켜보았다.

그는 아드리안이 결정적인 실수를 저질렀음을 간파했다. 그러나 그 실수의 이면에는 무언가 다른 것이 있었다. 그날 그는 아드리안을 알게 된 이래 처음으로 그의 시선에서 늘 빛나던 불꽃이 사라졌다는 것을 알았다. 그리고 그 불꽃이 무엇이었는지도 알게 되었다. 그것은 사랑이었다. 그 순간, 알렉산더 알렉킨은 모든 것을 깨달았고, 아드리안이 그 대국에서 패하리라는 것도 알았다.

규정에 따라 알렉킨은 휴식시간에 제자와 이야기를 나눌 수 없었지만, 심판이 지켜보는 가운데 그에게 다가가 가방에서 포장지에 싼 물건 하나를 꺼내 건네주었다. 그것은 제네바나 파리에서 구할 수 있는 고급 초콜릿이었다. 알렉킨 자신도 중요한 대국 중에 초콜릿으로 허전한 속을 달래듯이, 제자도 이 초콜릿으로 힘을 얻기를 바랐다. 아드리안은 스승의 행동이 무엇을 의미하는지 이해하지 못했지만, 스승에 대한 전적인 믿음으로 포장지를 벗겨 내고 초콜릿을 먹었다.

때는 1927년이었고, 아드리안 트로아덱은 스물세 살이었다. 그는 그날 생애 처음으로 초콜릿 맛의 정수를 알게 되었다.

13

아드리안은 다른 기물보다 쓰임새가 많은 룩을 상대의 하찮은 폰과 맞바꾸면서 이번 대국에서 주도권을 완전히 상실했다. 그러나 그는 여전히 체스판 중앙에 살아 있던 두 개의 블랙 폰과 두 개의 블랙 비숍을 가지고 예상 밖의 역전을 시도했다.

두 대국자 사이에 몇 수가 오가고, 다소 지루한 국면이 펼쳐지고 나서 아드리안은 몽롱했던 정신이 서서히 깨어나는 것을 느꼈다. 그리고 전혀 새로운 눈으로 체스판을 바라보면서, 그동안 어떤 방법으로도 접근할 수 없었던 알마 트라폴리를 정복하는 방법을 찾은 것 같았다. 아드리안은 알마가 연주회가 끝날 때마다 왜 그토록 서둘러 골목길에 있는 제과점을 찾아가는지 알 것 같았다. 그녀는 연주하는 동안 기울였던 육체적 노력과 정신적 긴장을 보상하기 위해 무언가 단것이 필요했던 것이다.

아드리안 트로아덱은 초콜릿으로 그녀의 마음을 사로

잡아야겠다고 생각했다.

14

두 대국자가 서로 상대의 다음 수를 읽으면서 각자의 킹을 몇 차례 옮기고 나자, 아드리안은 화이트 나이트가 엄호하던 화이트 폰을 잡아먹음으로써 지루하게 펼쳐지던 대국의 상황을 완전히 뒤집어놓았다.

상대가 지칠 대로 지쳐 있다고 생각했던 오노레 루앙은 아드리안이 갑자기 대담하고 위험한 수를 사용하여 자신의 폰을 잡아먹자, 조금 기세가 꺾인 채 자신의 나이트로 상대의 폰을 잡아먹었다. 그러나 오노레 루앙은 그것이 아드리안이 파놓은 함정이었음을 깨닫고 순간적으로 당황했다. 그는 상대의 공격을 받고 자신의 폰을 킹 옆으로 옮겼고 판세는 몹시 불안정해졌다.

아드리안은 블랙 폰을 상대 쪽 마지막 칸 이전까지 밀고 올라가, 두 화이트 룩을 꼼짝 못하게 제압함으로써 판세를 자신에게 매우 유리하게 몰아갔다.

아드리안의 깊숙한 공격을 받은 오노레 루앙은 장고에
들어갔다. 그리고 한참 뒤에 아드리안에게 손을 내밀며
말했다.
"이번에도 또 이겼군, 아드리안!"

15

아드리안 트로아덱은 로잔으로 돌아가서 초콜릿을 사
들고 음악원 문 앞에서 알마 트라폴리가 나오기를 기다
리기로 했다. 그러나 도시를 샅샅이 뒤졌지만, 초콜릿
파는 가게를 찾을 수 없었다. 그는 하는 수 없이 사탕을
사 들고 음악원 문앞에서 알마를 기다렸다.

알마가 음악원 건물의 뒷문으로 나왔을 때 그녀는 벽에
기댄 채 작은 봉지를 손에 들고 진눈깨비를 맞으며 기
다리고 서 있는 그의 모습을 보았다. 그녀의 눈에 아드
리안은 어설프고 서툰, 슬픈 유령처럼 보였다.

그녀의 생각을 읽을 수 없었던 아드리안은 이미 쌓이기
시작한 눈을 밟으며 그녀를 향해 어색한 걸음으로 다가
갔다. 그리고 그가 지을 수 있는 가장 큰 미소를 지으며
리본 모양으로 주둥이를 묶은 젖은 봉투를 내밀었다.
아드리안은 이번에야말로 그녀에게 '체크 메이트!'를 부

를 수 있으리라 믿었다. 그러나 생각과는 달리 그는 머리에 떠오르는 대로 바보 같은 말을 내뱉고 말았다.

"내가 세상에서 제일 좋아하는 첼리스트에게 드리는 사탕이에요."

알마는 대답할 말을 찾지 못했다. 하지만, 이 머저리가 눈에 젖은 사탕 봉지를 들고 음악원 문앞에서 한동안 기다리고 있었다면, 필시 자신이 연주자로서 처음 독주한 첼로곡을 듣지 못했으리라고 짐작했다. 그녀는 지금 막 메조소프라노가 부른 안토니오 비발디의 〈글로리아〉를 반주하고 나온 참이었다.

알마가 이런 생각을 하는 사이에 아드리안은 봉지를 열었고, 그녀는 안에 든 사탕이 마치 앞에 서 있는 남자를 상징하는 물건처럼 느껴졌다. 사탕은 물기에 젖어 처량하게 녹아내리고 있었다.

“아니, 됐어요. 저는 사탕 먹을 생각 없어요. 게다가 기
다리는 사람이 있어서 가봐야 해요.”

<h1 style="text-align:center">16</h1>

그 상황에서 아드리안에게 최악은 젖은 발로 눈 속에 혼자 남겨졌다는 사실도, 손에서 녹아내리는 사탕도, 바보가 되어버린 자기 꼬락서니도 아니었다. 최악은 그날 저녁 연주회장 문 앞에서 실제로 누군가가 알마를 기다리고 있었다는 사실이었다.

그의 이름은 멜 월먼이었다. 이 젊은 미국인 공군 대위는 단신으로 비행하여 스위스 로잔까지 날아오는 모험을 감행했고, 연주회에서 알마의 독주를 듣고 그녀에게 반해 단도직입적으로 접근했다. 그리고 그녀를 아버지로부터, 스위스로부터, 음악과 아드리안으로부터 영원히 앗아가려 하고 있었다.

그토록 공들인 아드리안의 작전은 실패했지만, 그는 아직 그 사실을 모르고 있었다.

17

아드리안은 멜 월먼이 그녀와 함께 자주 산책도 하고 연주회에도 간다는 것을 알게 되었다. 그리고 이 금발의 미군 비행사는 가끔 어디론가 사라져 한동안 소식이 끊기곤 한다는 것도 알게 되었다.

그러나 이 새로운 상황이 그를 불안하게 하지는 않았다. 단지, 그는 대국 시간이 정해진 신속한 체스게임처럼 더욱 순발력 있게 행동해야겠다고 다짐했을 뿐이다. 지난 몇 해 동안 그는 체스를 두고 경기에 나가는 것 외에 다른 일은 하지 않았다. 그러나 영원히 그렇게 살 수는 없었다. 자신을 위해서도 그렇고, 미래의 가정을 위해서도 뭔가 안정된 삶을 설계해야 했다.

아드리안은 자신의 미래를 초콜릿에 걸었다. 그는 음악원 근처에 작은 가게를 얻었고, 제네바로 가서 초콜릿 제조업체와 공급계약을 맺었다. 그리고 1927년 8월 30

일, 가게 전면에 '프티 초콜릿 트로아덱'이라는 간판을 내걸었다. 당시 그는 스물세 살이었고, 알마는 스물한 살이었다. 오스트리아의 비엔나는 사회주의자들과 오스트리아를 병합하려는 독일 나치 군대 사이에 전투가 벌어졌고, 도시는 불바다가 되었다.

첼로 연주자 알마에게 1927년과 1928년은 로잔에서 보낸 마지막 시즌이 되었다.

18

알마는 연주회가 끝나자, 늘 그랬듯이 총총걸음으로 음악원 문을 나서 단골 제과점으로 향했다. 그 길에 알마는 '프티 초콜릿 트로아덱'이라는 간판이 걸린 새로 생긴 초콜릿 전문점을 보았다. 그녀는 쇼윈도 앞에 서서 푸른 잎으로 장식한 은쟁반 위에 놓인 다양한 형태의 초콜릿을 구경하다가 참을 수 없는 충동을 느꼈다.

알마는 가게 안으로 들어가 계산대 뒤에 서 있는 아드리안을 알아보자, 환하게 웃었다. 아드리안의 눈이 빛났다. 그녀가 웃고 있었다. 그가 준비한 계획이 멋지게 성공했던 것이다. 알마는 망설임도, 긴장감도, 응어리도 없이, 그동안 아드리안을 밀쳐내던 적대감마저 까맣게 잊은 듯 명랑한 목소리로 그에게 말을 걸었다.

그러나 그 순간, 아드리안은 알마가 자신을 다른 친구들과 다름없는 한 사람의 친구로 대하고 있음을 깨닫자, 마음이 몹시 아팠다.

아드리안은 그녀의 목소리에서 이미 다른 남자의 연인이 되어버린 여자들이 흔히 드러내는 배타적 안정감을 감지하고 다시 한번 절망했다.

그러나 이날은 아드리안에게 한동안의 행복이 시작된 날이었다. 알마는 가게에 자주 들렀고, 그가 그녀의 아버지와 체스를 둘 때면 옆에 앉아 오랫동안 이야기를 나누기도 했다. 그리고 아드리안이 그토록 간절히 꿈꾸었듯이 그들은 호숫가를 함께 산책하기 시작했다.

아드리안과 알마는 진정한 친구가 되었다.

알마는 그에게 멜 월먼에 대해 이야기했고, 아드리안은 이 듣기 거북한 화제를 잘 참아냈다. 왜냐면 그녀는 사랑을 이야기했고, 그는 그녀의 이야기에서 사랑의 대상이 아니라, 사랑이라는 주제 자체에 행복을 느꼈기 때문이었다.

그들은 오후가 되면 자전거를 타고 레만 호숫가를 달려 베르베나 몽트뢰까지 갔다. 고요한 호수, 투명하고 상쾌한 공기, 아름다운 경치, 정상이 눈으로 덮인 채 호수

를 굽어보는 장엄한 몽블랑… 그들은 그 모든 것을 함
께 느꼈다. 그리고 아무 말 하지 않아도 상대가 그 순간
자신과 영원히 하나가 된 것처럼 느끼고 있음을 분명히
감지하고 있었다.

20

1927년 크리스마스에 멜 월먼은 알마의 아버지에게 결혼 승낙을 받기 위해 로잔으로 돌아왔다. 라조스는 그에게 이틀간 생각할 여유를 달라고 했다.

아버지는 딸의 의견을 물었고, 딸은 행복에 겨운 얼굴로 아버지에게 멜 월먼의 청혼을 승낙했으면 좋겠다고 대답했다. 라조스 트라폴리는 딸과 헤어져야 하는 슬픔을 견디지 못하고 고개를 숙이며 눈물을 글썽였다. 아버지가 우는 모습을 처음 본 알마는 혹시 자신의 결정이 잘못된 것은 아닌지, 갑작스러운 두려움을 느꼈다.

라조스는 아드리안을 불러 함께 체스를 두었다. 아드리안은 멜이 로잔에 있다는 것을 알고 있었기에 기분이 썩 유쾌하지는 않았다. 그는 침묵과 슬픔 사이를 오가며 아주 천천히 체스 한 판을 끝냈다. 고뇌에 차 있던 라조스는 갑자기 화를 버럭 내며 아드리안에게 말했다.

"글쎄, 그 미군 조종사가 우리 딸을 데려가겠다는군!"

두 사람은 체스 한 판을 제대로 끝내지 못했다. 여러 해 만에 처음으로 두 사람은 상대에게 이기고 싶은 마음이 사라졌다. 어떤 의미에서 보면, 두 사람 모두 이미 패배했다는 사실을 알고 있었기 때문이었다.

21

멜과 알마는 주말을 함께 보내러 몽트뢰로 갔다. 그리고 호수에서 가까운 작은 오두막집에서 처음으로 사랑을 나눴다.

동이 틀 무렵, 알마는 창문으로 호수에 떠 있는 성을 바라보았다. 그리고 불과 몇 주 전 아드리안과 함께 이곳을 산책했던 일이 생각났다. 그녀는 문득 깊이를 알 수 없는 삶의 심연 같은 것을 느꼈다.

멜은 5월에 다시 돌아와 결혼식을 올리겠다고 말하고 미국으로 돌아갔다.

멜이 돌아오면 엘마는 대서양 건너편에서 그와 함께 새로운 삶을 시작하기 위해 스위스를 떠나야 했다.

22

멜이 로잔으로 돌아오고 나서 몇 주 동안 알마와 아드
리안은 만나지 않았다. 그 사이 아드리안은 그녀를 다
시 정복할 계획을 치밀하게 세웠다가, 이내 깊은 절망
에 빠지기를 반복했다. 그렇게 계획과 절망 사이를 오
가던 그는 끝내 그녀를 포기하기로 마음먹었다. 그리고
이제부터는 그녀 없이 살아가는 삶에 익숙해져야 한다
고 다짐했다.

어느 날 오후, 알마는 초콜릿 가게로 아드리안을 찾아
왔다. 그는 망연히 그녀를 바라보았지만, 그의 시선에
는 열정도, 안타까움도 없었다. 단지, 지난 몇 주간 그
가 헤어나지 못하고 깊이 침잠해 있던 체념의 흔적만
남아 있었다.

알마는 입가에 희미한 미소를 띠며 아드리안에게 초콜
릿 사탕을 하나 달라고 했다. 그가 건넨 사탕을 다 먹고

난 그녀는 사탕을 하나만 더 달라고 했다. 그리고 하나 더, 하나 더, 하나 더 달라기를 반복하다가 두 사람은 마침내 웃음을 터뜨리고 말았다.

그들은 가게를 나와 근처 카페에서 오랫동안 이야기를 나누었다. 둘 중 누구도 멜의 이름을 입에 올리지 않았다. 그때부터 두 사람은 하루도 빠짐없이 만났고, 5월 1일 멜이 로잔에 도착할 때까지 둘 사이에서 멜은 없는 존재와 다름없었다.

알마와 멜은 5월 22일 결혼식을 올렸다. 그리고 6월 6일 알마는 아드리안에게 아무 말도 남기지 않고 남편과 함께 미국으로 떠났다.

때는 1928년 6월, 뉴욕의 극장가에서는 워너 브라더스가 제작한 최초의 유성영화가 상영되었다. 그리고 곧 프랑스 파리 사람들도 소리 나는 영화를 보게 되었다.

$$23$$

알마와 멜은 로잔에서 기차를 타고 파리로 갔다가, 거기서 다시 기차를 갈아타고 르아브르까지 갔다. 그리고 뉴욕으로 가는 배에 올랐다. 뉴욕에서 최종 목적지 워싱턴까지는 유나이티드 에어라인 비행기를 이용했다.

알마에게 미국은 모든 것이 새롭고 경이로운 나라였다. 홀로 대서양 횡단 비행에 성공한 멜의 동료 린드버그의 모험이 사람들 사이에서 여전히 화제가 되고 있었다. 포드 T 자동차가 거리를 달리고, 재즈가 도시를 들뜨게 하고, 무도장은 점점 짧아지는 치마를 입은 여자들과 찰스턴 댄스를 추는 남자들로 북새통을 이루었다.

알마 트라폴리는 스물두 살 나이에 이미 늙어버린 듯한 기분이 들었다. 그러나 그녀는 삶이 그녀에게 허락하는 새로운 모든 것을 후회 없이 즐기기로 마음먹었다.

24

알마는 워싱턴의 레빈 음악학교에서 레베카 사라 뉴턴을 알게 되었다. 레베카 사라 뉴턴은 노래를 전공하고 있었고 재즈를 좋아했다. 사람들은 그녀를 '베키'라고 불렀다. 베키는 알마에게 워싱턴의 밤문화를 체험하게 해주었다. 베키는 아버지에게서 배운 독일어를 정확하게 구사했다.

"영어는 잘못 발음한 독일어 같아." 베키는 알마에게 그렇게 말했다.

1928년 말, 워싱턴에서는 유럽의 모든 언어를 사용하고 있었다. 프랑스어는 공식적인 외교 언어였고, 세계에서 가장 많은 외교관이 워싱턴에 모여 살았다. 이탈리아인들은 도시 어디에서나 볼 수 있었다. 그리고 폴란드, 헝가리, 러시아에서 유태인들이 속속 도착하고 있었다. 1920년대는 전쟁 이후에 새로운 삶을 꿈꾸는 이민자들이 낡은 대륙으로부터 끊임없이 미국으로 몰려들던 시기였다.

베키는 알마를 '조앤모스' 클럽에 데려가 거기 모인 사람들을 향해 마이크에 대고 이렇게 말했다.

"여러분에게 내 친구 알마, 알마 트랩을 소개합니다!"

그리고 베키는 콜 포터가 작곡한 〈나이트 앤 데이〉를 불렀다.

그렇게 알마에게는 '알마 트랩'이라는 새로운 미국식 이름이 생겼다. 알마 트랩은 '알마 트라폴리'라는 예전 이름을 다시는 사용하지 않았다.

25

새롭게 태어난 알마 트랩은 매일 밤 클럽과 파티를 전전했다. 그녀 곁에는 늘 베키가 있었다. 남편 멜은 늘 외국에 있었다. 알마는 기회가 생길 때마다, 그리고 남편이 곁에 없었기에 미국식으로 개명한 처녀 시절 이름을 사용했다. 거기에는 남편에 대한 원망도 조금은 섞여 있었다. 멜은 사랑으로 충만한 결혼생활을 약속했지만, 그가 그녀에게 준 것이라곤 외로움뿐이었다. 알마는 당분간 자기 삶에 대해 생각하지 않으려고 애썼다. 워싱턴에서는 모두가 이방인이었고 모두가 똑같은 향수병에 걸려 있었기에 알마는 특별히 자신만 불행하다고 느끼지 않았다. 하지만 그녀는 외로운 여자가 밤마다 무도장을 전전하는 삶을 언제까지나 계속할 수는 없다고 생각했다.

낮이면 알마는 조지타운에 있는 텅 빈 집에서 첼로를

연주하고 밤이면 베키를 따라 음악과 춤으로 가득 찬
환상의 세계로 들어갔다.

26

알마는 첼로를 연주할 때 마음의 평화를 느꼈고, 두고 온 고향과 호수와 산과 아드리안 트로아덱을 생각했다. 그럴 때마다 알마는 눈물을 흘렸다.

이 무렵 알마는 아드리안에게 편지를 쓰기 시작했다.

처음 편지는 미국에서 체험하는 새로운 삶의 재미와 여유와 흥분으로 채색되어 있었다. 알마는 편지에서 아드리안을 향한 우정의 표현을 되도록 절제했지만, 전하는 사연마다, 고백마다 그를 그리워하는 마음이 감출 수 없이 드러나 있었다.

그리고 단어와 단어 사이를 흐르는 희미한 슬픔의 줄기는 끝내 편지의 전체적인 분위기를 우울함으로 물들이곤 했다. 그 슬픔의 줄기는 불안하고 두렵고 외로운 알마의 모습을 생생하게 드러내고 있었다.

아드리안은 여덟 달 동안 일곱 통의 편지를 받고 나자,

알마의 아버지를 찾아가 그녀가 처해 있는 상황을 알려
야겠다고 생각했다.

27

아드리안이 라조스의 집에 도착했을 때 그는 새로 구입한 베토벤의 〈전원교향곡〉 LP를 들으면서 아들 기요르기와 체스를 두고 있었다.

아드리안은 마치 서한 문학 전문가라도 된 듯이 알마가 보내온 일곱 편 편지 각각의 문장을 하나하나 분석하고, 특히 마지막 세 편에서 포착할 수 있는 고통의 흔적에 주의를 환기했다. 그리고 최종적으로 알마는 지독한 외로움에 시달리고 있으며, 그대로 둔다면 깊은 우울증에 빠지리라는 결론을 내렸다.

라조스는 체스판을 물리고 자리에서 일어나 여전히 돌아가고 있던 그라모폰의 턴테이블을 멈춰 세웠다. 그리고 벽난로 위에 놓여 있던 촛불로 낡은 담배 파이프에 불을 붙였다. 그가 뭔가를 말하려는 순간, 갑자기 그의 아들 기요르기가 침묵을 깨며 단호한 목소리로 말했다.

"제가 미국에 가서 알마를 만나겠어요."

28

1929년 4월, 음악원 피아노 상급반 학생이었던 스무 살 젊은 나이의 기요르기 트라폴리는 미국을 향해 다시는 돌아오지 못할 긴 여행을 떠났다.

그는 제네바까지 기차를 타고 가서 그곳에서 다시 파리로 가는 기차로 갈아탔다. 그리고 파리에서 한 달 넘게 머물면서 처음 경험하는 대도시의 삶을 마음껏 즐겼다. 그는 사람들로 북적이는 파리의 작은 카페에서 피아노를 연주하면서 그것이 바로 자기가 진정으로 원하던 삶이었다는 사실을 깨달았다. 그리고 적막한 스위스 로잔에서 고리타분한 고전음악이나 하면서 지내던 과거의 삶과 영원히 작별하기로 마음먹었다.

이윽고 칼레로 간 그는 신세계로 향하는 대형 여객선 브르먼 호가 출발할 때까지 그곳 선술집에서 술 취한 뱃사람들을 상대로 삐걱거리는 피아노를 연주하면서 보름 동안 기다렸다.

배 안에서 그는 프랑스에서 보낸 기간에 배웠던 댄스곡을 연주하거나 뱃멀미로 심한 구토에 시달리면서 25일간의 고통스러운 항해를 마쳤다.

뉴욕은 2백만 명의 거주자가 우글거리며 끊임없이 부글거리는 대도시였다. 그는 어느 곳보다도 음악이 자유롭고 활력이 넘치는 뉴욕의 클럽들을 밤마다 돌아다니며 새로운 리듬과 화음을 발견하고 압도되었고, 그가 미국에 온 이유조차 잊어버린 채 석 달을 보냈다.

10월 말, 갑자기 거대한 공포가 온 도시를 집어삼켰다. 상점과 점포들이 속속 문을 닫았다. 얼마 전까지 물처럼 흘러넘치던 돈이 갑자기 자취를 감췄다. 술집과 클럽들도 폐업했다. 이미 '조지'라는 이름으로 불리기 시작한 기요르기는 앞으로 자신의 운명이 어떻게 될지 두려움을 느꼈고, 그제야 이 여행의 목적이 새삼스럽게 떠올랐다.

1929년 크리스마스 무렵, 그는 누나가 사는 집 문의 초
인종을 울렸다. 폭설이 조지타운의 구시가 지역을 온통
뒤덮었고 조지의 신발은 진흙으로 덮여 있었다.

29

알마 트랩은 몹시 비만한 여인이 되어 있었다. 그것이 동생 조지가 오랜만에 누나를 보았을 때 받은 첫인상이었다.

알마는 동생을 보자마자 울음을 터뜨렸다. 그녀는 마치 '절망'이라는 부끄러운 죄를 짓고 홀로 감옥에 갇혀 있다가 자신을 전혀 다른 모습으로 기억하고 있는 사람에게 들켜버린 듯한 기분이 들었다. 알마는 동생을 품에 안고 난생처음 자신이 동생을 사랑하고 있음을 확인했다. 그녀는 아름답게 꾸민 자기 집 근처에 있는 초콜릿 가게를 발견했다. 왜 그랬는지는 모르지만, 그녀는 끊임없이 초콜릿을 사 먹기 시작했다. 마치 물을 마시듯 자연스럽게, 밤이든 낮이든 초콜릿을 먹었다. 남편 멜은 집에 있을 때가 거의 없었다. 늘 어디론가 떠났고, 그녀가 알 수 없는 무언가를 하고 있었다.

아드리안이 알마의 편지에서 감지했던 우울증은 그녀
의 내면 깊은 곳에 뿌리를 내렸고, 그녀는 홀로 추억과
좌절의 망망대해를 떠돌고 있었다. 초콜릿, 오직 초콜
릿만이 그녀에게 행복했던 시절을 잠시나마 되돌려주
었다.

30

자신을 찾아온 동생을 처음 보았을 때 알마는 기쁨으로 가슴이 충만했다. 동생의 출현으로 알마는 과거 행복했던 시절의 삶을 되찾은 듯한 기분이 들었다.

다음 날 아침, 알마는 동생을 데리고 시내에 나가 쇼핑을 즐겼다. 그녀는 그날 저녁 새로 산 옷을 입고 조지를 데리고 외출했다.

조앤모스 클럽에 들어섰을 때 조지는 몇 주간 머무르던 뉴욕에 다시 온 듯한 친숙한 느낌이 들었다. 카펫이 깔린 바닥, 액자에 든 유명 뮤지션들의 사진과 신문기사들로 장식된 벽, 깔끔한 정장 차림의 남자들, 느슨하고 우아한 자태의 여자들, 담배연기, 테이블 위의 샴페인, 그리고 색소폰, 트럼펫, 트롬본, 드럼, 콘트라베이스, 피아노로 구성된 재즈 오케스트라….

그 모든 것의 한가운데서 마이크를 손에 쥔 한 여인이

노래하고 있었다. 조지는 설명할 수 없는 마력과 아우라로 클럽 안 사람들을 압도하는 그녀를 지켜보면서, 지금까지 보았던 어떤 여자보다도 아름다운 여인이라고 생각했다.

그녀는 레베카 사라 뉴턴이었다. 조지가 홀린 듯 바라보는 동안 레베카는 노래하고 있었다.

"밤이든 낮이든, 낮이든 밤이든, 나는 너와 사랑을 나누고 싶어…."

31

2주 후에 조지와 베키는 결혼했다.

생계를 위해 그들이 할 수 있는 일은 무대에 서는 것뿐이었다. 조지는 피아노 앞에 앉았고 베키는 마이크를 잡았다. 돈을 벌 수만 있다면, 전국 순회 공연을 마다할 이유가 없었다. 아니, 그것은 그들의 꿈이기도 했다.

두 사람은 우선 동부 해안선을 따라 올라가며 여러 클럽에서 연주하고 노래했다. 그리고 5대호 지역으로 들어가 클리블랜드, 디트로이트를 거쳐 시카고에 다다랐다. 때는 1931년 10월 말이었고, 알 카포네는 세금 포탈 혐의로 체포되어 감옥에 갇혔다.

조지와 베키의 떠돌이 삶은 고달팠다. 시카고에서 베키는 처음으로 아기를 유산했고, 그들에게는 간신히 연명할 정도의 돈이 남아 있었다. 미국 사회는 바닥을 알 수 없는 심연으로 추락하고 있었다. 그들이 시카고에 머무

는 사이에 프랭클린 D. 루스벨트는 미합중국 대통령에
당선되었고, 단 한 사람의 미국인도 굶주리는 일은 없
으리라고 약속했다.

32

유럽에서 날아오는 소식에 조지는 날이 갈수록 불안해
졌다. 독일에서는 제국의회 의사당이 불탔고, 아돌프
히틀러 수상은 대통령에게 압력을 가해 표현과 집회의
자유를 철회했다. 시장이 붕괴했고, 가격은 폭락했으
며, 실업률은 심각하게 적색경보를 울리고 있었다.

레베카 사라 뉴턴은 야심을 품고 조지를 설득하여 시카
고를 떠나기로 작정했다. 뉴욕에서는 그녀의 친구 콜
포터가 제작한 뮤지컬 코미디 〈뭐든지 좋아요〉가 폭발
적인 인기를 끌고 있었다. 그녀는 그 뮤지컬에서 중요
한 역할을 맡을 수도 있으리라 생각했다. 할리우드에서
는 사람들이 '셜리 템플'이라는 배우에게 열광하고 있었
다. 이 천재적인 소녀는 깜찍하게 노래하고, 춤추고, 연
기할 때에도 나이에 어울리지 않는 여유를 보이며 관객
을 사로잡았다. 베키는 자신에게도 셜리 템플처럼 그

‘여유’라는 것이 있다고 자신했다.

“샌프란시스코로 가야 해.” 그녀는 혼자 중얼거렸다.

33

그러나 그것은 좋지 않은 결정이었다. 왜냐면 베키는 또다시 임신했고, 오마하와 덴버 사이에서 아이를 낳아야 했기 때문이다. 그녀가 출산한 곳에는 피아노도 마이크도 없었으며 무대의 열기와 조명은 그곳 주민에게조차 낯설 정도였다.

베키가 첫 아이 프랭크를 낳은 지 4개월 만에 미국 중서부에서는 재앙에 가까운 토네이도가 여러 차례 불면서 모든 것이 파괴되었다. 폭풍은 그해 농사를 완전히 망쳐놓았으며 가축도 살아남지 못했다.

갓난아이 프랭크도 죽었다. 베키와 조지는 고통을 견디지 못하고 죽음을 생각했다. 두 사람 모두 과거의 행복했던 순간을 떠올릴 수 없었고, 행복한 미래를 상상할 수도 없었다. 때는 1935년이었다. 두 사람은 헤어지기로 합의했다. 조지는 마치 다친 동물처럼 어딘가 쉴 곳

을 찾았으나 그곳이 어디인지, 어디에 있을 수 있는지
알 수 없었다. 베키는 마치 다친 짐승처럼 죽을 때까지
싸워야 한다고 생각했다.

34

7개월 후, 조지는 워싱턴으로 돌아가 누나가 사는 집 문의 초인종을 울렸다. 알마가 문을 열었을 때, 그녀 앞에는 초췌한 부랑자 같은 사내 하나가 서 있었다.

조지가 회복하는 데에는 꽤 오랜 시간이 걸렸다. 그는 끊임없이 레베카를 생각했다. 세월이 흘렀지만, 그는 마음속에서 다시 사랑의 감정이 싹트고 있음을 느꼈다.

알마는 동생 조지에게 자신이 미국에 도착한 첫해에 다녔던 레빈 음악학교에 피아노 강사 자리를 주선해주었다. 그는 젊은 학생들과 낡은 스타인웨이 피아노 사이의 작은 세계에서 드디어 자신을 보호할 공간을 찾았다.

새로 찾은 안정이 달콤한 초콜릿처럼 그의 고통을 에워쌌고, 점차 그의 삶도 평온을 찾았다. 알마와 조지는 패배감과 그리움과 그들이 결코 상상할 수 없었던, 그러

나 여전히 지속하는 삶을 살고 있다는 사실이 주는 경
이감 속으로 침잠했다.

35

1937년 5월 27일, 알마와 조지는 텔레비전에서 베키를 보았다. 그녀는 샌프란시스코 금문교 개통식에서 미국 국가를 부르고 있었다.

금문교는 당시의 공학이 만들어낸 가장 위대한 업적이었다. 12킬로미터가 넘는 긴 다리가 레베카 사라 뉴턴의 노래를 신호로 개통되고 있었다.

그 순간, 조지는 그녀와 영원히 남남이 되었음을 깨달았다.

36

기요르기가 떠난 지 1년이 넘었지만, 라조스와 아드리안은 기요르기나 알마로부터 어떤 기별도 받지 못했다. 그들은 여전히 체스를 두었지만, 이전과 같은 재미를 느끼지 못했다. 두 사람 모두 침묵과 절망에 빠져 있었다. 아드리안은 이제 월먼의 아내가 된 알마의 삶에 개입할 어떠한 권리도 없다는 사실을 잘 알고 있었다. 그는 스스로 알마의 삶에서 물러나려고 애썼다.

라조스는 쉰한 살이 되었고, 여전히 혼자 살고 있었다. 생애 처음으로 그는 그동안 뜨거운 열정의 대상이었던 음악에도, 오케스트라 지휘에도 흥미를 잃었다. 일에도, 체스에도, 그리고 그의 일상에도 아무런 관심이 없었다. 그는 오로지 미국에서 날아올 소식만을 기다리고 있었다.

37

조만간 미국으로 긴 여행을 떠나게 되리라는 생각에 용기를 얻은 아드리안은 평소 습관대로 장기적인 계획을 세우기 시작했다. 그는 이 모험을 위해, 그리고 언제 어떤 일이 벌어질지 모르는 불확실성에 대비해서 돈을 벌어야겠다고 생각했다. 그런 결심으로 기운을 차린 아드리안은 제네바와 베른 두 곳에 '프티 초콜릿 트로아덱'이라는 간판을 내걸고 새로 가게를 열었다. 그는 모든 에너지와 열정을 그가 세운 계획에 쏟아부으며 과거에 받았던 마음의 상처를 잊으려고 애썼다.

러시아에서는 스탈린이 토지를 국유화했다. 스페인에서는 공화국이 선포되었으며 오늘날 '대공황'이라고 부르는 사태가 전 유럽을 쑥대밭으로 만들었다. 물가는 춤을 추었고, 화폐는 휴지 조각이 되었다. 인심이 흉흉했고, 곳곳에서 소요가 일어났다는 소문이 떠돌았다.

그러나 스위스는 이 모든 소용돌이에서 멀리 떨어진 무
인도처럼 조용했다.
그러나 파리에서 와야 할 초콜릿은 공급이 중단되었다.

38

초콜릿 가게들이 서서히 자리를 잡아가던 무렵, 아드리안은 징집영장을 받았다. 스위스 정부는 35세 미만의 모든 남성에게 3개월의 복무기간을 부과했다. 스위스의 병역제도에 따르면 군대교육 기간은 2~3주에 불과했지만, 전 국민이 매년 교육을 받아야 했다.

독일의 태도는 특히 프랑스에 대해 위협적으로 변해갔다. 1936년 3월 15일, 독일이 베르사유 조약을 위반하고 라인 지역을 점령한 지 며칠 후에 32세의 아드리안 트로아텍은 유럽에서 가장 강력한 군대, 스위스 해군에 징집되었다.

그리고 그는 이제 다시는 이전의 삶으로 돌아갈 수 없게 되었다.

그는 뮌헨과 잘츠부르크에서 멀지 않은 독일 국경 지역 쿠프스타인에 배치되었다. 전쟁터였지만, 역설적으로 그는 그곳에서 몇 개월간 전우들과 무척 평화로운 날들을 보냈고, 이전에 만날 기회가 없었던 아주 단순하고 선량한 친구들을 사귀게 되었다. 그중에서도 프랑크 피터 슈바인버거는 체스광이어서 그와 함께 자주 체스를 두곤 했다. 베테랑 파비오 치디니는 뛰어난 이야기꾼이었고, 외르크 페터 멘켈은 일류급 코미디언으로 그가 긴긴 밤 보초를 설 때면 우스개로 폭소를 터뜨리게 하곤 했다. 바흐를 사랑하는 앙릭 르틀리에는 매일 저녁 첼로를 연주했고, 조용한 성격의 그레고르 폰 헤르젠은 아무 말 없이 다른 병사들을 눈으로만 좇고 있었다.

그러나 경악하게도, 이 친구들은 모두 독일군의 습격을 받아 전멸했다. 독일군이 저지른 이 만행은 대규모 전투로 비화할 수도 있었지만, 모두가 침묵했고, 수년이 흐른 후에도 아드리안은 이 사건을 생각할 때마다 그 당시 비굴했던 자신의 행동에 대한 수치심으로 몹시 괴로워했다. 그는 독일군의 습격을 받았을 때 취사장 한 구석에 엎드려 몸을 숨겼다. 독일군들은 야만적인 고함을 지르며 쳐들어오면서 기관총을 무차별 난사했다. 그는 전우들이 쓰러질 때 바닥에 부딪히며 내는 그 둔탁한 소리 사이로 미친 독일군들이 지르는 괴성을 들었다. 그리고 모든 것이 끝났을 때 들려오던 정적의 소리를 들었다. 그는 그렇게 혼자 살아남았다. 그날 그는 자신의 삶을 상대로 두고 있던 체스에서 아끼던 폰들이 한꺼번에 쓰러지는 장면을 목격했고, 그 장면은 죽을 때까지 잊을 수 없는 기억으로 남았다.

40

큰 충격을 받은 아드리안 트로아덱은 의식을 잃었고,
회복하기까지 오랜 시간이 걸렸다. 정신이 들었을 때
그는 여전히 목숨이 붙어 있다는 사실이 견딜 수 없이
부끄러웠다.

그는 라조스의 집에 옮겨져 있었다.

아이러니하게도 그는 알마의 침대에 누워 있었다. 결
국, 그를 이 세상으로 돌려보내 준 것은 침대에 남아 있
던 그녀의 체취였다.

41

알마와 조지는 워싱턴의 조지타운에 있는 집에서 히틀러가 오스트리아의 빈을 침공했다는 소식을 들었다. 스위스의 종말이 시작되고 있었다. 그들은 몇 년 전부터 소식을 모르는 아버지를 생각했다. 알마는 무의식중에 아드리안을 그리워하고 있는 자신을 발견하고 서글픈 기분이 들었다.

그로부터 이틀 후 알마는 태프트 장군의 사의를 전달하는 미군 부사관의 방문을 받았다. 멜 윌먼이 전사했다. 알마는 눈물을 흘렸다. 그러나 그것은 멜의 죽음을 애도하는 눈물이 아니라, 자신의 운명을 슬퍼하는 눈물이었다.

1939년 9월 3일, 제2차 세계대전이 선포되던 날, 레베카 사라 뉴턴은 트랩 남매의 집 대문을 두드렸다.

조지는 그녀의 섬세한 입술과 빛나는 눈동자를 보는 것만으로 행복했다. 그녀는 눈으로 이렇게 말하고 있었다. "난 이제 당신에게 돌아왔어요."

그러나 그가 그녀의 눈에서 읽지 못했던 것은 베키가 임신한 상태로 돌아왔다는 사실이었다.

1940년 2월 29일, 미국의 영화관에서 〈바람과 함께 사라지다〉가 처음 상영되던 날, 사기꾼 영화제작자와 한때 영화계의 떠오르는 별이었으며 현직 가수인 레베카 사라 뉴턴 사이에서 딸, 엘레아노르가 태어났다.

조지 트랩은 5개월 26일 7시간 전부터 한 가지 사실을 알고 있었다. 그가 레베카를 놓치지 않으려면 새로 태어난 아기의 법적인 아버지가 되어야 했다.

결국, 엘레아노르는 엘레아노르 트랩이 되었다.

43

레베카는 멋진 콘서트나 순회공연에서 느꼈던 행복과는 다른 종류의 행복을 발견했다. 조지는 음악학교에서 피아노를 가르쳤고, 알마는 사망한 군인 남편의 유족연금으로 생활하면서 레빈 음악학교 소속 작은 오케스트라에서 연주를 계속했다. 엘레아노르는 평범한 미국 가정에서 행복하게 자랐다.

1940년 5월 유럽에서는 독일군이 네덜란드와 벨기에를 침공했다. 6월에는 프랑스가 독일에 항복했으며, 기요르기 트라폴리가 다시는 돌아올 수 없는 여행을 떠나면서 잠시 체류했던 파리에서 경탄의 눈으로 바라보았던 에펠탑에는 나치 깃발이 휘날렸다. 9월에 런던은 최초로 독일 공군의 폭격을 받았다.

1년 후인 1941년 5월 10일, 5백 대의 독일 폭격기가 런던 상공에서 수천 개의 폭탄을 투하하여 도시는 잿더미가 되었다. 6월에 독일군은 러시아를 공격했다. 그리고 1941년 12월 7일, 일본군이 진주만을 폭격했다. 바야흐로 2차대전이 시작되고 있었다.

알마, 조지, 레베카는 그들의 세계가 무너지는 광경을 망연히 바라보고 있었다.

44

알마는 무기력한 삶을 견딜 수 없었다. 특히, 전쟁 중에 어리석게도 고전음악이나 연주하고 있는 자신이 한심하게만 느껴졌다. 그녀는 적십자애 간호사로 자원했다. 거기서 그녀는 그때까지 자신이 온실 속에서 살아왔으며 현실을 받아들일 준비가 되어 있지 않았음을 깨달았다. 매일 저녁 그녀는 방문을 걸어 잠그고 울었다.

알마는 고향으로 돌아가는 꿈을 꾸곤 했다. 그리고 아드리안과 함께 행복하게 살아가는 모습을 그려보기도 했다. 그러나 그녀는 이미 오래전부터 아드리안에 대해 아무것도 모르고 있었다.

전쟁은 꿈을 허락하지 않았다. 그녀는 자신의 내면으로 들어가 문을 걸어 잠갔고, 추억을 좇아 과거로 돌아가고만 싶었다. 그러나 세상은 그녀의 꿈을 흩어버렸다. 전쟁이 계속되는 동안 오로지 살아남을 궁리밖에 다른 것을 생각할 여유는 없었다. 전쟁통에 팔과 다리가 날아간 병사들을 마치 바느질하듯 꿰매는 일로 하루하루를 보내는 알마가 유일하게 기쁨을 느끼는 순간은 조카 엘레아노르와 함께 놀 때였다.

그러나 엘레아노르마저 병에 걸렸다.

일주일 동안 엘레아노르는 고열을 동반한 몸살로 신음했다. 베키와 조지뿐만 아니라, 알마 역시 속으로는 아이의 상태에 대해 죄의식을 느끼고 있었다. 그녀가 병원에서 환자들과 접촉한 것이 병의 원인일 수 있었다.

그러나 다행히도 엘레아노르는 회복의 기미를 보였다.

8일 후, 고열과 구토가 다시 찾아왔다. 베키는 엘레아노르가 팔다리를 제대로 움직이지 못한다는 사실을 발견했다.

연합군이 노르망디 해안에 상륙한 1944년 여름 어느 날, 의사들은 네 살 난 엘레아노르의 상태를 소아마비 증세로 진단했다.

알마는 아무 죄 없는 아이가 고통받아야 하는 세상이라면, 이 땅에서 삶은 의미 없다고 생각했다.

알마 트랩은 조카에게 전념하기 위해 병원을 그만두었다. 그녀는 자신의 '영웅적인 행동' 때문에 벌어진 사태에 대한 죄의식으로 몸부림쳤다. 부상당한 군인들을 돕겠다고 나섰지만, 사실 그것은 권태에서 벗어나려는 방편일 뿐이었다. 결국, 그녀의 행동은 엘레아노르에게 고통만 안겨주었다.

레베카 사라 뉴턴은 고질적인 우울증 때문에 더는 무대에 설 수 없었다. 조지는 자기만의 세계 속으로 들어갔다. 그는 솔직히 엘레아노르가 자신의 친딸은 아니지 않으냐고 생각했다.

알마는 패배를 인정할 수 없었다. 그녀는 의사, 간호사들과 상담하면서 조카의 병이 처음 생각했던 것과는 달리 그다지 희귀한 사례는 아니라는 사실을 알게 되었다. 네 살부터 열다섯 살 사이의 많은 아이가 이 병에 걸린다고 했다. 몇몇 의사가 환자의 근육을 덥혀주고 재활훈련을 계속하여 상태를 호전시킨 사례도 있었다. 엘레아노르는 머리와 등의 고통을 호소했고 배변을 통제하지 못했다. 알마 트랩은 조카의 병마와 싸우는 자신에게 이토록 강하고 끈질긴 면이 있다는 사실에 놀랐다. 엘레아노르는 알마의 강한 에너지를 받았고, 타고난 체질을 더욱 강화했다. 그리고 7개월 만에 다시 제 발로 서서 걷게 되었다.

엘레아노르는 평생 두 다리가 가늘고 연약했으며 오른쪽 다리를 약간 설게 되었다. 그리고 알마 고모에 대한 사랑을 평생 가슴속에 간직했다.

오랜 세월이 흐르고 나서 알마는 엘레아노르가 걸렸던 병이 병원 환자들에게서 옮아온 병균 때문이 아니었다는 사실을 알게 되었다. 병의 근원은 모기였다. 알마는

무죄였지만, 아무도 그녀가 그토록 큰 죄의식과 고통
속에서 보냈던 세월을 되돌려주지 않았다.

1945년 5월, 유럽에서 전쟁은 막을 내렸다. 그러나 일본군과 전쟁을 벌이고 있던 미국인들에게 전선은 여전히 열려 있는 상태였다.

1945년 8월 6일, 미군은 일본의 히로시마에 원자폭탄을 투하하여 순식간에 8만 명의 인명을 앗아갔다. 3일 후에 그들은 나가사키에도 원자폭탄을 투하하여 6만 5천 명의 희생자를 낳았다.

8월 14일, 워싱턴에 일본의 항복 소식이 전해지자, 사람들은 거리로 뛰쳐나갔다. 베키, 조지 그리고 엘레아노르는 서로 부둥켜안고 환성을 지르고 웃음을 터뜨렸다. 알마는 죽은 남편 멜과 전쟁의 광기에 대해 생각했다.

5천5백만 명의 목숨이 '제2차 세계대전'이라고 불린 이 전쟁 때문에 사라졌다.

엘레나 페트론치니는 2년 전부터 유럽 각처를 헤매고 있었다. 무솔리니의 군대가 그녀를 조국에서 몰아냈기 때문이었다.

그녀의 아버지 비토리오 페트론치니는 이탈리아인이었다. 그는 낭만적이고 순진한 전역 군인으로 이상주의자이자 몽상가였던 청년 시절에 일차대전이 일어나자 알바니아 북부 시코드라에 정착했고, 그곳에서 엘레나가 태어났다.

1912년 11월, 오스트리아–헝가리 황제를 지지한 이탈리아는 알바니아의 독립을 보장하려 했고, 발칸 지역에 침투하려고 남부를 장악하고 있던 그리스인들에게서 이 지역을 탈환했다. 작전에 참가한 비토리오 페트론치니는 현지에서 '무라디예 라미키'라는 여인을 알게 되었다. 시인, 화가, 저항운동가, 지식인이었던 그녀는 이 이탈리아 젊은이에게 매료되었다. 비토리오는 건장한 체구의 호남이었고 믿기 어려울 만큼 순진하고 단순한, 모순적인 매력을 발산했다. 무라디예는 단 한 번의 눈길로 비토리오로 하여금 부대를 이탈하여 영원히 알바니아에 남게 했다. 그에게는 다른 선택의 여지가 없었다. 훗날 그는 이렇게 고백했다.

"그녀를 버리기보다는 군대를 버리는 편이 내게는 훨씬 덜 위험했지."

50

엘레나는 사흘 정도 갈아입을 옷가지가 든 작은 가방
과 바이올린을 넣은 헝겊 가방 하나를 챙겨 알바니아를
탈출했다. 이 오래된 바이올린은 19세기 초, 이탈리아
의 한 바이올리니스트가 시코드라로 가져온 것으로, 오
스트리아의 악기 제작 명가 팀 가문에서 1770년에 제
작한 명품 비엔나 바이올린이었다. 16년 후, 이 바이올
린은 〈피가로의 결혼〉이라는 작품의 탄생에 참여했고,
1797년 나폴레옹 군대에 굴복한 베네치아로 옮겨져 생
트 마리 드 로레트 고아원의 음악원에 기증되었다. 거
기서 이 바이올린은 한동안 비발디, 마르첼로, 페르골
레지의 작품 연주에 기여했고. 나폴레옹의 권력이 불안
정해지기 시작하던 무렵인 1809년, 로마가 자유의 도
시이자 황제의 도시로 선포될 때까지 12년 넘게 사람들
의 기억에서 잊힌 채 그곳에 머물렀다.

그리고 이 바이올린에 영광의 날들이 찾아와 로시니가
작곡한 〈알제리의 이탈리아 여인〉, 〈세빌리아의 이발
사〉, 〈라 세네렌톨라〉 등의 오페라 공연에 참여했다.
그러나 1818년에 이 바이올린의 소유자가 사망하자,
광적이고 모험적인 한 연주자에게 팔려 알바니아의 수
도 시코드라에까지 흘러오게 되었다.
그로부터 19년 후, 이 바이올린은 무라디예의 할아버지
알리 라미키에게 팔렸다. 그렇게 대를 이어 엘레나의
수중에 들어갔고, 그녀는 이것을 헝겊 가방에 넣어 스
위스로 가져왔다.

51

엘레나는 어디로 가야 할지 몰랐다. 어떡하든 피신해야 했으나 피신처가 없었다. 이탈리아는 그녀의 적이었다. 그리스는 독재에 신음하고 있었다. 이탈리아는 그리스를 침공하려 하고 있었고, 그것은 이내 사실이 되었다. 특히 이탈리아 남부에서는 여자들에게 어떤 권리도 인정되지 않았고, 고전음악은 아예 존재하지 않았다. 유고슬라비아는 내부적으로 나치가 세력을 확장하고 있었다. 불가리아는 소련과 군사적으로 대치하는 긴장 상태에서 불안정한 상황에 놓여 있었다.

그럼에도, 엘레나는 도주를 감행했다. 그녀는 오스트리아의 빈을 택했다. 그녀의 바이올린이 태어난 곳, 아직도 음악이 지배하는 황제의 도시 빈. 엘레나는 걸어서 유고슬라비아를 가로질렀고, 불가리아를 거쳐 루마니아로 들어갔다. 그리고 그녀의 최종 목적지 오스트리아로 향하는 길목에 있는 헝가리 국경을 넘어 들어갔을 때 그곳은 이미 독일국방군에 의해 점령당한 상태였다. 이들 '강철 수비대'는 권력을 통제하고자 유태인과 정치적 반대세력을 학살했다. 그들은 모든 외국인을 적으로 간주했다. 국경 지역 폐허가 되어버린 헛간에 피신해 있던 엘레나는 결국 병에 걸려 쓰러졌다. 다시는 일어나지 못할 것 같았다. 엘레나는 죽음이 찾아오기만을 기다렸다.

52

죽어가는 그녀를 발견한 사람은 루마니아 출신 유태인 니콜라이 포레노였다. 엘레나를 도주 중인 유태인으로 착각한 그는 그녀를 낡은 마차에 태우고 헝가리를 가로질러 오스트리아 남부로 데려갔다. 그가 꿈꾸던 땅, 스위스를 향한 이 여정은 9주간 계속되었다.

알프스 산 속에서 니콜라이 역시 죽음이 임박했음을 깨달았다. 어느 날 아침 깨어보니 마차를 끌던 늙다리 말은 죽어 있었다. 이름 모를 병든 여인은 몸을 일으킬 수조차 없는 상태였고, 니콜라이 자신도 기력이 다해 한 걸음도 내디딜 수 없었다. 결국, 두 사람은 속수무책 죽음을 기다리며 바닥에 누워 있었다.

그때 스위스 쪽으로 도주하던 한 무리의 집시가 그들 곁을 지나갔다. 두 사람은 그들에게 도움을 요청했으나, 병자 두 사람을 데리고 알프스를 넘는다는 것이 불가능하다고 판단한 집시들은 그들의 요청을 외면했다. 집시들에게는 그런 위험을 감수할 이유가 없었다.

그 순간, 집시 무리의 최연장자 벨라 크루즈는 병든 여자의 헝겊 가방 밖으로 삐죽이 나온 바이올린의 소용돌이 장식을 보았다. 그것은 바이올린의 명가 팀에서 제작한 빈 바이올린이었다. 그는 줄감개를 돌려가며 음을 조율한 다음, 활을 들어 현을 부드럽게 애무하듯 긁어내렸다. 아름다운 선율이 얼어붙은 숲 속 깊숙이 퍼져나갔다.

그것은 끔찍한 살육이 벌어지고 있던 유럽에서 울린 짧은 평화의 소리였다.

53

아이러니하게도 엘레나는 죽음의 문턱이었던 알프스에서 살아남았고, 니콜라이 포레노는 혹한의 밤을 보내고 난 다음 날 아침 싸늘한 시체로 발견되었다. 엘레나는 자신의 생명을 구해주고, 자신을 자유의 나라로 데려가려 애쓰던 그와 말 한마디 나눠보지 못했다. 그녀는 정신이 들었을 때 자신이 루마니아 영토에 있는 줄 알았지만, 이미 자유의 땅 스위스에서 루마니아 출신 집시들과 함께 지내고 있었다.

다시 삶으로 돌아오면서, 그리고 다시 살아갈 수 있다는 가능성을 감지하면서 그녀는 가장 가까운 도시에 당도했을 때 집시 마차를 떠났다. 그리고 그곳 오케스트라에 무작정 찾아갔다. 그렇게 엘레나는 라조스 트리폴리를 만났고, 라조스는 그녀를 아드리안의 집으로 데려왔다.

아드리안은 엘레나에게 가게 건물 지하 방에 거처를 마
련해주었다. 아드리안은 엘레나가 라조스의 손에 이끌
려 가게 문턱을 넘어섰을 때 이제 외로웠던 날들도 끝
났음을 직감했다.

세상이 양쪽으로 갈려 서로 살육하는 동안, 아드리안과 엘레나는 서로 사랑했다.

아드리안은 서른일곱 살이었고, 엘레나는 스물한 살이었다. 그에게나 그녀에게나 사랑은 전혀 새로운 경험이었다. 그들은 절제도, 죄의식도, 후회도, 망설임도 없이 사랑에 몰입했다. 세상은 불바다, 피바다가 되었지만, 두 사람은 초콜릿 가게 지하 방에서 포옹하고, 애무하고, 사랑을 나눴다. 두 사람은 고통스러웠던 과거도, 암울한 현재도 아랑곳하지 않았다.

아드리안에게 사랑은 오래전에 맛보았던 그 초콜릿처럼 달콤했다. 엘레나에게 사랑과 초콜릿은 영원히 같은 맛으로 기억되었다.

1941년 12월 8일. 엘레나와 아드리안은 로잔 구시가지 언덕에 있는 노트르담 대성당에서 결혼식을 올렸다. 라조스 트라폴리는 그들 결혼식에 대부가 되어주었다. 결혼식이 진행되는 동안 아드리안과 라조스는 한동안 서로 마주 보며 눈길을 떼지 못했다. 수많은 추억의 장면이 두 사람의 가슴을 할퀴고 지나갔다. 그들은 알마의 남편 멜 월먼이 이미 3년 전에 죽었다는 사실을 모르고 있었다. 그들은 또한 결혼식 바로 전날 일본이 진주만을 습격했고, 같은 날 같은 시각에 프랭클린 D. 루스벨트가 라디오 방송에서 미합중국의 참전을 미국과 전 세계에 공포했다는 사실도 모르고 있었다.

55

아드리안과 엘레나는 사랑과 작은 습관들과 영원히 끝나지 않을 것 같은 전쟁과 그 전쟁이 남길 상처에 대한 두려움으로 채워진 단순한 삶을 시작했다. 그러나 1944년 10월 어느 날, 최근 프랑스에 주둔한 미군 사령부에서 2주마다 한 번씩 1만 개의 태블릿 초콜릿을 주문하면서부터 그들의 단순했던 삶은 송두리째 달라졌다. 미군은 초콜릿을 납품하면 대금을 현금으로 지급하기로 했고 계약기간은 6개월로 정해졌다.

아드리안은 어떤 수를 쓰더라도 2주일 만에 1만 개의 태블릿 초콜릿을 만드는 것은 불가능하다고 생각했다. 그러나 그는 계약대로 태블릿 초콜릿을 납품했다. 초콜릿을 제작할 거대한 탱크를 임대하고, 초콜릿 제조에 전혀 문외한인 일꾼 20명을 고용하여 밤낮을 가리지 않고 3개월간 일한 결과로 아드리안은 지역에서 가장 부

유한 사업가의 한 사람이 되었다. 그의 삶은 단순한 생
존에서 호화로운 생활로 변해갔다.
결국, 전쟁은 그에게 행복의 출발점이 되었다.

56

엘레아노르는 행복한 어린 시절을 보냈다. 전쟁이 끝나자, 엄마는 다시 노래를 시작했고 아버지는 여전히 피아노 반주를 맡았다. 평화를 되찾은 알마 고모는 조카를 극진히 사랑했고, 프랑스 연애소설을 읽기 시작했으며 첼로 연주를 계속했다.

알마는 엘레아노르에게 첼로를 가르치려고 애썼지만, 어린 조카는 첼로 연주보다 밖에서 뛰어놀기를 더 좋아했다. 비록 한쪽 다리를 절었지만, 신체적 장애도 활기 넘치는 아이를 방안에 가둬두시는 못했다.

어느 날 알마는 조카를 앉혀놓고 말했다.

"고모가 동화책 읽어줄게."

알마는 손가락으로 책에 인쇄된 글씨를 한 자 한 자 짚어가며 소리 내어 읽어주었다.

"앨리스는 언니 옆에 앉아 있는 것이 몹시 지루했어요.

앨리스는 일어나서 데이지 꽃을 꺾어 꽃다발을 만드는
것이 재미있겠다고 생각했어요. 그때 갑자기 눈이 빨간
흰 토끼가 나타나서….”

57

엘레아노르는 알마 고모가 책 읽기를 끝내기도 전에 스스로 소리 높여 읽기 시작했다. 《이상한 나라의 앨리스》를 다 읽고 난 엘레아노르는 다른 책을 골라 읽었고, 또 다른 책을, 또 다른 책을, 또 다른 책을 읽었다.

엘레아노르는 그렇게 마크 트웨인의 《톰 소여의 모험》을 읽었고, 대니얼 디포의 《로빈슨 크루소》, 로버트 스티븐슨의 《보물섬》, 조너선 스위프트의 《걸리버 여행기》, J. M. 배리의 《피터팬》, 쥘 베른의 《기구를 타고 5주일》, 루돌프 에리히 라스페의 《허풍선이 남작의 모험》, 루디야드 키플링의 《정글북》, J. J. 그랑빌의 《선량한 시민의 일요일》, 마르코 폴로의 《동방견문록》을 읽었다.

엘레아노르는 이런 책들에 둘러싸여 자랐고, 이런 책들은 여행이 얼마나 신 나는 일인가를 말하고 있었다.

엘레아노르는 이담에 크면 꼭 이런 책들에 나오는 것과
같은 여행을 하겠다고 마음먹었다.

58

"유럽은 어떤 곳이야?"

어느 날 엘레아노르가 알마 고모에게 물었다.

"아주 오래된 곳이지."

알마가 대답했다.

엘레아노르는 아빠와 고모가 살았던 곳, 대대로 선조가 살았다는 그 오래된 땅에 가보고 싶었다. 엘레아노르는 유럽에 대해 고모에게 꼬치꼬치 묻기 시작했다. 아빠와 고모가 살던 집은 어땠는지, 그들이 살던 마을은 어떻게 생겼는지, 학교에서는 무엇을 배웠는지, 할아버지는, 친구들은, 그곳 주민은 어떤 사람들이었는지, 끊임없이 물었다.

기억을 더듬어 조카의 질문에 하나하나 대답하던 알마는 지난날이 견딜 수 없이 그리워졌다. 결국, 알마는 가족이 모두 모인 자리에서 선언했다.

"나는 스위스로 돌아갈 거야."

엘레아노르는 열네 살이었다. 늘 곁에 있는 고모의 존재가 절실하게 필요한 나이였다. 엘레아노르는 고모가 사라진다면 어떻게 살아야 할지 앞날이 막막했다.

알마는 마흔여덟 살이었다. 알마는 삶이 텅 빈 것만 같았다. 그때까지 저지른 모든 어리석음이 한꺼번에 밀려오는 것만 같았다.

베키와 조지, 엘레아노르는 알마를 공항까지 따라와 배웅했다. 헤어지기 전, 알마는 엘레아노르를 힘껏 끌어안았다. 이후 두 사람은 다시는 만나지 못했다.

때는 1954년 5월. 미국에서는 인종차별금지법이 의회에서 통과되었다.

59

막대한 재산과 그 재산을 얻기 위해 기울인 노력이 트로아덱 부부의 삶을 흔들어놓았다. 미국인들과 계약서에 서명하고 나서 처음 몇 달간 아드리안은 납품기한을 맞추는 데 온 힘과 정열을 쏟아부었다. 사업이 제대로 돌아가게 하려면 원자재를 구입하고, 가공하고, 완제품으로 만들어 프랑스 국경까지 운송하는 체계가 구축되어야 했다. 작은 가게들을 운영하는 수준에 있었던 그는 이 모든 것을 새롭게 시작해야 했다. 아드리안은 40여 명의 직원과 그들의 가족들까지 동원해서 생산과 운송 체계를 가동시켰다. 직원과 가족들은 모두 만족했고, 아드리안은 그들의 행복에 이바지했다는 사실이 기뻤다. 무언가를 창조하고 만든다는 것이 그의 삶에 큰 만족을 주었다. 그러나 엘레나는 점점 활기를 잃어가고 있었다.

결혼 후 5년이 지났지만, 엘레나에게는 아이가 생기지 않았다. 엘레나는 자신이 메마르고, 쓸모없는 존재처럼 여겨졌다. 엘레나는 일에 몰두한 남편, 멀리 있는 가족, 불임으로 늘 결핍감을 느끼는 삶에서 고립되었다는 느낌을 지울 수 없었다. 그녀는 엄마를 생각했다. 대담하고, 지적이며, 저항적인 엄마가 이처럼 불행한 자신의 모습을 보았다면 몹시 실망하리라는 생각이 들었다. 정신적인 삶을 우선한다면, 그녀가 느끼는 절망과 무기력은 아무것도 아니라고 말할 것이 분명했다. 하지만 엘레나는 절망했고, 무기력한 삶을 벗어날 수 없었다.

60

엘레나는 거장 라조스 트라폴리가 단장으로 있는 오케스트라에서 바이올린 연주자 생활을 계속했다. 연로한 라조스는 아침 시간에 프티 초콜릿 트로아덱 가게 일을 봐주었다.

늘 초콜릿과 가까이 있는 엘레나는 조금씩 카카오의 매력에 빠졌다. 초콜릿 한 개를 맛보고 나면 손이 저절로 가서 쟁반에 놓인 초콜릿을 모두 먹어치울 때도 있었다. 초콜릿은 엘레나를 자극했고, 초콜릿을 먹으면 기분이 좋아졌다. 그녀는 입안에서 느껴지는 초콜릿의 부드럽고 미끄러운 촉감과 달콤한 맛과 이국적인 향을 좋아했다. 그녀에게 초콜릿은 늘 새롭고, 짜릿한 경험이었다. 그러나 얼마 지나지 않아 엘레나에게 초콜릿은 증오와 원망의 대상이 되었다. 한밤중에 엘레나는 잠을 이루지 못하고 침대에서 빠져나와 커다란 통에 들어 있는 초콜릿을 마지막 한 개까지 모조리 먹어치웠다. 그리고 먹은 것을 모두 토해내면서 엘레나의 상태는 점점 더 나빠졌다. 초콜릿을 끊기로 작정하고 며칠간 멀리하자, 끈질긴 두통과 지독한 피로와 견딜 수 없는 불면증에 시달렸다.

엘레나는 자신의 초콜릿 중독과 무기력증 사이에 어떤 연관이 있다고는 상상하지 못했다. 그러나 얼마 후 근처 병원에서 엘레나를 진찰한 일반의는 곧바로 그녀를 '헬무트 뢰플러'라는 행동장애 전문의에게 보냈다.

61

헬무트 뢰플러는 야심 있는 정신과 의사였다. 그는 당시 유행하기 시작하던 지그문트 프로이트 박사의 빈 학파 출신으로 유태인이었고, 나이는 사십 대였으며, 음악에 정통한 애호가였다. 그는 엘레나를 치료하면서 그녀가 속내를 털어놓는 상대가 되어주었고, 둘 사이는 곧 연인 관계로 발전했다. 헬무트는 먼저 엘레나의 개인사를 분석했다. 그는 몇 차례 정기적인 상담을 통해 그녀가 자신의 어린 시절을 편안하게 이야기하도록 유도했고, 그녀는 속이 후련해지는 것을 느꼈다. 엘레나는 그의 치료 방식이 마음에 들었다.

그렇게 몇 달이 흐른 후에 그는 엘레나가 어린 시절에 엄마가 몰입했던 지적인 세계에 대해 질투심을 느꼈고, 그것이 그녀가 겪는 신경증의 원인이라고 진단했다. 어떤 의미에서 엘레나는 자신의 환상을 좇아 고향을 떠나고 자기 삶을 떠남으로써 스스로 해방하기를 원했고, 그것은 어머니를 모방하려는 욕구에서 비롯되었다는 것이 그의 해석이었다.

엘레나는 그 모든 이야기가 진실로 믿기지 않았고 지나치다 싶을 정도의 치료비를 내야 했지만, 누군가가 자기 이야기에 귀를 기울여준다는 사실이 기뻤다.

헬무트는 엘레나가 어린 시절의 억압에서 벗어나고, 과도한 식탐을 줄이는 한편, 그와의 성애에 탐닉하게 할 목적으로 그녀에게 코카인을 투여하기 시작했다.

1949년 12월 어느 날 아침, 엘레나 페트론치니는 레만 호에서 익사한 시체로 발견되었다. 그녀의 나이 스물아홉이었다.

검시관은 엘레나가 헬무트 뢰플러의 아이를 임신한 지 3주째 되었음을 확인했다.

같은 시기에 수많은 동독인이 서독으로 망명했다. 미국
에서는 진 켈리가 워싱턴의 여러 대형 극장에서 〈뉴욕,
뉴욕〉을 노래했다.

62

아드리안에게 엘레나의 자살은 예전에 쿠프스타인 병영에서 독일군에게 습격당했을 때 느꼈던 것과 같은 처절한 고통을 안겨주었다.

이번 역시 그에게는 사태를 방관한 책임이 있었다. 그는 이제 정말 혼자가 되었다고 생각했다. 앞으로 그는 혼자 살아가야 했고, 영원히 그러리라 믿었다.

아드리안은 엘레나를 외롭게 하여 그녀에게 주었던 고통보다는 자신엑 닥칠 외로움을 서글퍼하는 자신이 더욱 치졸하게 느껴졌다.

63

그로부터 5년 후 알마 트랩은 자신이 살던 로잔의 옛집 앞에 서 있었다. 때는 햇살이 눈부시게 내리는 오월 어느 날이었다. 문은 열려 있었다. 알마는 거실까지 걸어 들어가 마치 지난 26년간 아무 일도 없었다는 듯이 체스를 두고 있는 아버지와 아드리안을 보았다. 그들은 체스판에서 눈을 들어 알마를 바라보았다. 세 사람 모두 놀라움에 아무 말도 하지 못한 채 상대를 알아보았다. 라조스는 예순여덟 살이었고, 아드리안은 쉰 살, 알마는 마흔여덟 살이었다.

알마는 아버지가 이미 세상을 떠났으리라 확신하고 있었다. 그러나 그토록 오랜 세월이 흐른 후에 다시 만난 아버지의 주름진 얼굴에서 알마는 강건하고 강인한 힘을 느꼈다. 아드리안은 수염이 희끗희끗했으나 예전 모습 그대로였다. 알마는 곱실거리는 짧은 머리에 체중이 예전보다 20킬로그램 더 불어나 있었다.

세 사람의 얼굴에 새겨진 시간의 흔적은 쇠락한 육체가 그려놓은 모습이기도 했다. 그들은 상대의 시선에서 엿보이는 노쇠만큼이나 자신도 늙었다는 사실을 새삼스럽게 깨달았다. 그들의 지친 모습은 그동안 살아오면서 받았던 모든 상처로 얼룩진 그들의 인생 자체였다.

돌이킬 수 없는 세월이 흘렀고 몸은 늙었지만, 세 사람은 그 순간 전에 경험해보지 못한 행복을 느꼈다.

알마는 행복해진다는 것이 얼마나 간단하고 쉬운 일이었는지, 자신이 그동안 인생에 대해 얼마나 까다롭게 굴었는지, 얼마나 어리석었는지를 깨달았다.

64

알마와 아드리안은 호숫가를 산책했다. 그들은 단 몇 분 만에 지난 삶을 요약했다. 알마는 멜에 대해, 레베카에 대해, 조지에 대해, 전쟁에 대해, 그리고 엘레아노르에 대해 이야기했다. 아드리안은 라조스에 대해, 전쟁에 대해, 초콜릿 사업에 대해, 그리고 엘레나에 대해 이야기했다. 이 몇 분은 상대가 그때까지 어떤 고통을 겪으며 어떻게 살아왔는지를 짐작하기에 충분했다.

아드리안은 지난날 알마를 정복하기 위해 끊임없이 전략을 세우던 일이 생각났다. 그리고 이제 그런 열정을 품기에는 자신이 너무 늙고 지쳤음을 새삼 깨달았다. 그 순간, 아드리안은 자기 손을 잡고 있는 알마의 손에서 은밀하지만 분명한 힘을 느꼈다. 그 미세한 변화에 용기를 얻은 아드리안은 그녀의 두 눈을 들여다보며 나지막한 목소리로 말했다.

"알마. 나는 늘 너를 사랑하고 있었어."

"나도 늘 그걸 알고 있었지." 그녀가 대답했다.

알마는 최종적인 항복의 뜻으로, 그리고 오랫동안 간직했던 꿈을 행동으로 보여주듯이 아드리안의 손을 꼭 쥐고 그의 두 눈을 들여다보았다. 두 사람은 그 단순하고 다정한 동작에서 마치 삼십 년을 함께 살아온 부부처럼 자신도 의식하지 못한 사이에 가슴 깊은 곳에 사랑이 새겨져 있었음을 분명히 깨달았다.

65

알마가 스위스 로잔에 도착했을 때 그녀의 아버지 라조스가 35년간 단장으로 재직했던 음악원에서는 그의 은퇴를 기념하는 콘서트가 막 열리던 참이었다. 라조스는 제네바 오케스트라나 밀라노의 스칼라, 빈 필하모닉처럼 세계적인 오케스트라의 단장이 되기를 늘 꿈꾸어왔다. 그러나 몽트뢰의 쿠르살 오케스트라나 에른스트 앙세르메가 로잔에 설립한 오케스트라에서 비정기적으로 지휘한 적은 있었지만, 그에게 상임 지휘자 자리를 제안한 곳은 없었다.

그럼에도, 그는 재능 있는 젊은이들과 함께 음악을 하면서 한 가지 점에서 만족을 느꼈다. 그들은 아직 음악에 대한 환상을 품고 있었던 것이다. 유명 오케스트라였다면 그것은 상상할 수 없는 일이었다.

그는 비록 교향악 전곡을 지휘한 적은 없었지만, 모든

오케스트라의 지휘자가 꿈꾸는 많은 명작을 지휘했다. 그는 바흐의 〈성모 마리아 송가〉, 〈나단조 미사곡〉, 〈마태수난곡〉을 지휘하며 위안을 얻었고, 모차르트의 〈레퀴엠〉을 지휘하며 전율했으며, 베토벤의 〈운명교향곡〉을 지휘하며 연주장 안을 진동하게 했고, 포레의 〈레퀴엠〉을 지휘하며 각각의 음을 세밀히 해석했다. 그에게 한 가지 꿈이 남아 있었다면, 그것은 브람스의 〈독일 레퀴엠〉을 지휘하는 것이었다. 그는 자신의 마지막 콘서트를 위해 그 곡을 선택했다.

그것은 그가 늘 꿈꿔왔던 곡이었고, 순하고 차분한 이별이었으며, 비록 그리움은 남겠지만, 두려움 없이 죽음이라는 어리석은 문을 믿고 들어갔을 때 그 이후에 펼쳐질 변화에 편안하게 자신을 맡길 수 있는 체념 자체였기 때문이었다.

라조스는 높은 의자에 앉아 지휘했다. 그의 길고 가느다
란 팔은 마치 갈매기가 바다 위로 펼쳐진 하늘에서 비상
하듯 천천히 움직였고, 이번만큼은 음악이 그에게서 솟
아나는 것이 아니라 그가 음악이 되었다.

라조스는 어떤 특별한 병을 앓고 있지도 않았지만, 송
별 콘서트를 마치고 나서 3일 후에 사망했다.

지휘를 계속할 수 없다면, 그에게 삶은 아무 의미도 없
었다.

66

알마는 어릴 적부터 아버지 집에서 살았지만, 완벽하게 혼자가 된 느낌, 이방인이 된 느낌이 들었다.

오랜 세월 라조스는 그곳에 오로지 자신만을 위해 개인적이고 독특하고 확고부동한 둥지를 만들었다. 그의 집에는 모든 것이 콘서트와 음악과 문학과 체스를 위해 존재했다. 라조스의 작은 기벽들, 어떤 고유한 용도를 위해 마련한 공간들, 지휘하고 창조하는 데 익숙한 남자가 자기 주변을 정리한 어떤 고유한 질서 같은 것을 집안 곳곳에서 볼 수 있었다. 그렇게 집 전체에 그의 모습이, 오로지 그만을 위해 존재했던 것들이 그대로 남아 있었다.

말하자면 그 집은 라조스의 거대한 무덤과 같았다. 아버지의 소유였던 물건들, 가구들, 체스 테이블과 양쪽에 놓인 소파, 낡고 반들반들한 검은색 그랜드 피아노,

액자에 넣어 벽에 걸어놓은 콘서트 포스터, 유명 연주자들이나 친구들과 함께 찍은 사진, 단단한 호두나무 서가 사이를 오가면서 알마는 마치 라조스 기념 박물관에서 사는 듯한 느낌을 지울 수 없었다.

알마는 문득 아드리안과 함께 살 수 있으리라는 생각이 들었다. 어느 날 오후 그의 집을 방문한 알마는 감각의 촉수를 예민하게 세우고 주위를 둘러보았다. 아드리안은 평소와 달리 뭔가 평가하고, 조사하고, 확인하는 듯한 그녀의 눈빛을 보자 조금 의아하고 당황했다. 아드리안의 집은 크지만 소박했다. 멀리 레만호가 한눈에 들어오고 정원에는 꽃이 가득히 피어 있는 전형적인 스위스의 아름다운 저택이었다. 실내는 체스 챔피언다운 정돈과 성공한 사업가다운 안락함, 그리고 그의 전 부인이 아주 세밀한 부분까지 자신의 취향에 따라 정리해놓은 여성적인 감수성이 조화를 이루고 있었다. 거실의 체스테이블 반대편 커다란 거울 앞에는 악보대가 서 있었고, 얇은 천으로 덮어놓은 바이올린이 낮은 탁자 위에 놓여 있었다. 알마는 갑자기 질투심을 느꼈다. 그 바이올린을 보자, 아직 이곳을 떠나지 못한 사람의 영혼과 마주 대하는 듯한 기분이 들었다.

"나는 절대로 이 집에서 살 수 없을 거야." 그녀는 속으로 중얼거렸다.

67

그때 아드리안은 깨달았다.

이 집에서는 어떤 변화도 마치 성역을 훼손하는 것과 같았다. 집안의 모든 공간은 단순한 공간이 아니었다. 어떠한 이질적인 요소도 침투할 수 없는, 이질적인 것을 용납하지 않는 공간이었다. 그것은 이 집을 점유하고 있던 사람들에게 맞춰져 형성된 공간이었다. 알마가 이 집에 어떤 변화를 불러오든, 그것은 마치 소리 없이 연주되고 있는 모차르트의 교향곡에 폭발음을 내는 것과 다름없었다.

아드리안은 그의 침대를 물끄러미 내려다보았다. 아침 안개에 싸인 몽블랑과 레만호가 내다보이는 전면 유리창 옆에 놓인 이 침대는 전 부인과 함께 사용하던 부부 침대였다. 그것은 다른 여인의 침대, 다른 사랑의 침대였다.

"알마는 절대로 이 집에서 살 수 없을 거야." 그는 속으로 중얼거렸다.

아드리안은 그 자리에서 알마에게 제안했다.

"우리 둘만의 집을 새로 지읍시다."

1955년 4월 17일 일요일, 알마 트라폴리와 아드리안 트로아덱은 결혼했다. 그리고 그들의 새로운 보금자리에서 새로운 삶을 시작했다. 그들은 이 집에 "잃어버린 세월"이라는 이름을 붙였다.

다음 날, 알베르트 아인슈타인은 미국의 프린스턴에서 사망했다. 메릴린 먼로는 새 영화 〈칠 년 만의 외출〉의 촬영을 끝냈다.

명문 팀 가문에서 제작한 비엔나 바이올린은 상자에 넣어져 새 저택의 지하 창고로 들어갔다. 위층에서는 첼로의 장중한 멜로디가 저택의 구석구석에 흘러넘쳤다.

68

알마는 미국에 있는 조카 엘레아노르에게 애정 어린 편지를 보냈다. 편지에서 알마는 아드리안과 결혼했으며, 드디어 행복을 찾았다고 말했다.

"이담에 네가 어른이 되면, 반드시 이 나라에 와서 너의 조상을 찾아봐야 해. 스위스는 세상에서 가장 아름다운 나라란다. 그리고 아드리안을 꼭 만나봐."

편지를 쓰고 나자, 알마는 가슴이 뿌듯했다. 마치 먼 곳에 사는 사랑하는 딸에게 소식을 전하는 엄마가 된 듯한 기분이 들었다. 알마는 자전거를 타고 우체국까지 달려가 우체통에 편지를 넣었다.

돌아오는 길에 맞은편에서 달려오던 차와 충돌한 알마는 자전거에서 떨어지면서 머리가 바닥에 세차게 부딪혔다. 알마는 현장에서 즉사했다.

한 달 후, 엘레아노르와 조지, 그리고 레베카는 그날 알

마가 보낸 편지를 받았다. 세 사람은 기쁨에 넘쳐 함성
을 지르고, 웃고, 포옹하며 샴페인 잔을 들어 알마의 결
혼을 축하했다. 그러나 알마는 25일 전에 이미 땅에 묻
힌 뒤였다.

69

아드리안은 자살을 생각했다. 그에게 자살은 극단적인 선택도 아니었고, 가혹한 삶에 대한 복수나 절망적인 저항도 아니었다. 그것은 단순한 단절, 조용한 중단이었으며 그동안 충분히 겪었고 충분히 살았음을 인정하는 행위였다.

하지만 알마의 장례식에 전원 참석한 회사 직원들과 공장 노동자들을 보면서 아드리안은 생각이 달라졌다. 그들은 그가 세운 계획을 위해 모였고, 그와 함께 그 계획을 실현하고 힘께 미래를 만들어가면서 수십 년을 지내온 사람들이었다.

그는 갑자기 알마를 새롭게 의식했다. 그녀는 지금 이 순간 살아 숨 쉬는 이들과는 전혀 다른 차원의 존재였다. 눈 내리던 어느 날 그가 내민 사탕을 거절하던 그녀를 둘러싸고 있던 향기, 호숫가를 산책할 때 닿을 듯 말

듯 스치던 그녀의 손, 늘 단정하고 냉정했던 그녀의 표
정처럼 서늘하면서도 장중하게 울리던 그녀의 첼로 연
주…. 알마는 그가 그 모든 것에 대한 그리움을 은밀히
키워가면서 만들어낸 상상의 소산이었으며 외로움에서
벗어나려고 애타게 찾던 마약과 같은 존재였다.

그는 또다시 먼저 간 아내를 생각하며 눈물을 흘리고 있
었다. 그리고 그는 또다시 혼자가 되었다. 또다시 누군
가를 사랑하기를 희망한다는 것은 이제 상상할 수 없는
일이었다.

그 순간, 아드리안의 머릿속에는 한 가지 생각이 스쳐
지나갔다. 쿠프스타인 병영에서 전우들의 죽음을 목격
하고 삶의 의지를 잃었을 때 엘레나는 기적처럼 그를
찾아왔다. 그리고 엘레나가 죽고 그가 또다시 삶의 의
지를 잃었을 때 상상하지도 못했던 알마가 그를 찾아오

지 않았던가. 아드리안은 자기 삶의 의미를 채워줄 새
로운 사건이 또다시 일어날 수도 있다는 생각이 들었
다. 그 애매한 호기심 때문에, 오로지 그 호기심 때문에
한번 살아보기로 했다.

70

조지가 누나 알마의 죽음을 알리는 아드리안의 편지를 받았을 때 엘레아노르는 열다섯 살이었다.

엘레아노르는 울지 않았다. 거의 2년 동안 알마를 보지 못한 그녀에게 알마의 죽음은 현실감이 없었다. 어린 엘레아노르에게 2년은 긴 세월이었다. 그녀는 오로지 어른이 되었을 때 유럽에 갈 구실이 사라졌다는 사실이 마음에 걸렸을 뿐이었다.

그러나 레베카는 통곡했다. 흐느껴 울었다. 그녀의 가장 절친한 친구 알마 트랩이 죽었다. 조지는 며칠 동안 무거운 침묵에 갇혀 지냈다. 그는 아내처럼 슬퍼하지 못하고, 울지도 못하고, 먼 곳에서 맞이한 누나의 죽음에 대해 고통조차 느끼지 못하는 자신이 부끄러웠다. 그를 전율하게 한 것은 두려움이었다. 그것은 이 세상 누구라도 어느 순간 갑자기 허망하게 세상을 떠날 수 있다는 두려움, 알마의 삶이 그랬듯이 자신의 삶도 끝나는 날이 반드시 찾아오리라는 것을 실감하며 느낀 두려움이었다. 죽음은 나이와 상관없었다. 레베카에게도 그에게도 죽음은 순서 없이, 피할 수 없이 찾아오리라는 사실이 두려웠다.

유럽 여행의 가능성을 포기하고 싶지 않았던 엘레아노르는 조금 유치한 계획을 세웠다. 그녀는 한 번도 얼굴을 본 적이 없는 고모부, 아드리안 트로아덱에게 편지를 쓰기로 했다.

엘레아노르는 알마가 자기 인생에서 얼마나 중요한 사람이었는지를 언급하며 편지를 시작했다. 물론, 그것은 숨은 의도가 있는 얄팍한 아부에서 비롯된 상투적인 문구였지만, 엘레아노르는 그 글을 쓰면서 새삼 하나의 진실을 깨달았다. 알마는 그녀에게 친엄마와 같은 존재였고, 가장 좋은 친구였으며, 닮고 싶은 미래의 모델이었다. 그리고 자신에 대한 믿음을 가지게 해준 유일한 사람이었음을 깨달았다. 그제야 엘레아노르는 울음을 터뜨렸다. 눈물로 편지지를 적시면서 엘레아노르는 이렇게 편지를 마쳤다.

"고모부, 제가 처음 이 편지를 쓸 때에는 저의 존재를 고모부에게 알려서 언젠가 저를 유럽으로 초대하게 하려는 생각밖에 없었습니다. 그러나 알마 고모에 대한 이야기를 쓰는 사이에 저는 고모가 저를 위해 무엇을 했는지, 고모가 다른 사람들에게 어떤 존재였는지는 생각조차 하지 않는 이기적인 아이였다는 것을 깨달았습니다. 저를 용서해주세요. 이제 저는 알마 고모가 저를 무척 사랑했다는 것을 알고 있고, 고모부의 슬픔도 더 잘 이해하게 되었어요. 답장해주세요."

71

"답장해주세요."

아드리안에게 보내는 엘레아노르의 편지는 그렇게 끝나고 있었다.

아드리안은 그녀에게 답장했고, 둘 사이의 편지 왕래는 오랜 세월이 흐르고 나서 그녀가 스위스에 도착할 때까지 계속되었다.

엘레아노르는 편지에서 자신이 부모와 점점 멀어지고 있으며, 부모는 자신도 자신의 세계도 이해하지 못한다는 말을 서슴없이 늘어놓았다. 엘레아노르는 부모가 부르는 노래가 한결같이 구닥다리에 지루할 뿐이라고 했다. 그녀는 당시 유행하던 로큰롤을 노래하고 춤췄다. 엘레아노르는 부모가 충격을 받을 만한 옷차림을 하고 돌아다녔으며 부모가 절대로 용납하지 않는 파티에 자주 들락거렸다. 조지와 레베카는 딸에게 지난 시절 어려웠던 삶과 전쟁과 어리석은 행동으로 꺾여버린 그들의 꿈을 이야기했지만, 엘레아노르는 부모의 과거에 대해 아무것도 알고 싶지 않았다. 그녀는 단지 현재 이 순간을 즐거움으로 채우고 싶을 뿐이었다.

아드리안은 엘레아노르의 편지에 뭐라고 답장을 써야할지 알 수 없었다. 그는 아버지였던 적도 없었고, 십대 아이들을 이해하는 데 필요한 적응 기간을 보낸 적도 없었다. 그는 전쟁 후에 급성장한 미국에서의 생활이 그가 자란 평화로운 스위스의 일상과는 매우 다르리라고 생각했다.

아드리안은 그녀의 반항에 대해 충고도 비난도 하지 않기로 했다. 그리고 자기가 사는 지역과 아름다운 스위스 풍경을 묘사한 목가적인 편지를 써서 보냈다.

엘레아노르는 유럽에서 자기 앞으로 온 편지를 받는다

는 것이 무척 자랑스러웠으나, 편지에서 아드리안이 하는 이야기는 별로 중요하게 여기지 않았다. 그녀는 편지를 친구들에게 보여주고, 자기를 흠모하는 어느 유럽인이 보낸 편지라고 거짓말을 하기도 했다.

그러나 그때까지 두 사람에게 일종의 글쓰기 연습에 불과했던 편지 쓰기는 얼마 후에 훨씬 더 중요한 의미가 있는 습관이 되어버렸다.

72

엘레아노르는 글쓰기의 재미를 알게 되었다.

그녀가 쓴 글은 편지라기보다는 모르는 사람에게 보내
는 내밀한 일기였다.

글을 쓰면서 그녀는 점점 더 큰 기쁨, 은밀하고 조용한
기쁨을 느꼈다. 글쓰기는 그녀가 자신과 대면하는 성찰
이었으며, 그때까지 경험한 적이 없는 평화였다.

아드리안은 점차 그녀에게 신화적 인물이 되어갔다. 그
는 그녀의 말을 귀담아들어 주는 성숙하고 외로운 남
성, 이해심 많은 아버지와 이상적인 연인의 중간쯤 되
는 존재가 되었다.

엘레아노르는 꿈을 꾸듯 여러 시간 글쓰기에 몰두하곤
했다. 소녀다운 글씨체와 철자법이 어긋난 문장으로 그
녀는 일상의 세세한 사건까지도 모두 아드리안에게 털
어놓았다. 친구들과의 대화, 마음에 든 남자아이들과의

만남, 다리를 약간 저는 데서 오는 불안정한 감정까지
숨김없이 털어놓았다. 그녀는 어린 시절에 알마 고모
가 용기를 북돋아준 덕분에 시작했던 독서가 깊이 생각
하고 이야기를 구성하여 종이 위에 옮겨놓는 데 큰 도
움이 된다는 사실을 뒤늦게 깨달았다. 그것도 그녀에게
글 쓰는 기쁨을 더해주었다.

아드리안은 엘레아노르의 변화가 흐뭇했다. 엘레아노
르는 편지에서 자신을 둘러싼 모든 것에 대해 거리를
두고 생각하는 습관을 점차 명확하게 드러내고 있었다.
그것은 엘레아노르에게도 좋은 일이었다. 아드리안은
조카가 스위스에 와서 함께 사는 가능성을 고려하기 시
작했기 때문이었다. 노후를 조카와 함께 보내는 것도
나쁘지 않을 것 같았다. 아드리안은 늘 그래왔듯이 이
문제에 대해서도 장기적인 계획을 세우기 시작했다.

73

1957년 12월 26일, 엘레아노르는 고모부 아드리안에게
보내는 편지에 자살을 결심했다고 썼다. 클럽과 파티
를 들락거리는 딸과 심하게 다투던 아버지는 '사실, 너
는 내 친딸도 아니니 마음대로 하라.'라는 말을 내뱉고
말았다. 엘레아노르는 세상이 무너지는 것 같았다. 그
녀는 엄마의 위선적인 행동과 헤픈 행실에 심한 반감을
품고 있었지만, 상대적으로 아버지에 대해서는 깊은 애
정을 느끼고 있었다. 실제로 조지는 딸을 지극히 사랑
했고, 늘 그녀의 앞날을 걱정했다.

엘레아노르는 편지에서 가족의 삶이라는 것이 무대 위
의 연극처럼 모두 꾸며낸 거짓에 불과하다면, 세상에
무엇을 믿을 수 있겠느냐고 물었다.

그날은 1957년 9월 26일 목요일이었다. 편지를 다 쓴
엘레아노르는 편지 봉투를 들고 조지타운 우체국으로

향했다. 편지를 부치고 난 엘레아노르는 거기서 불과 두 블록 거리에 있는 포토맥 강으로 걸어갔다. 오랫동안 강을 따라 걸어 링컨 다리에 도착하자 엘레아노르는 이제 곧 삶을 마감하는 자신의 육체를 받아줄 강물을 내려다보았다.

그날 저녁 뉴욕에서 레너드 번스타인은 뮤지컬 〈웨스트 사이드 스토리〉 첫 공연의 지휘를 맡았다.

_74_

그로부터 한 달 후에 아드리안은 엘레아노르의 편지를 받았다. 편지를 읽고 난 그는 머지않아 조카가 그를 찾아오리라고 확신했다. 유럽에 가고 싶다는 꿈이 있고, 유럽에는 고모부 아드리안이 있기에 엘레아노르는 절대로 자살하지 않으리라는 것을, 그는 알고 있었다.

아드리안은 자살이 다른 출구가 없을 때 선택하는 마지막 탈출구라는 것을 알고 있었다. 엘레아노르에게는 여행을 통해 탈출할 수 있었고, 그 탈출구는 바로 아드리안 자신이었다.

그의 짐작은 틀리지 않았다. 이틀 후에 엘레아노르에게서 또 다른 편지가 도착했다. 그녀는 편지에서 고모부를 놀라게 해서 죄송하며 이렇게 삶을 끝내기보다는 유럽에 가서 고모부 곁에서 새로운 삶을 시작하고 싶다고 했다. 그리고 절망과 괴로움으로 매일 밤을 새우고 있으며 끔찍한 죄의식에 시달리고 있다고도 했다.

편지를 읽는 아드리안의 입가에 미소가 번졌다.

75

가출한 엘레아노르는 일자리를 찾았다.

고등학교를 졸업할 때까지는 1년이 남아 있었지만, 한 시라도 빨리 독립하여 사회에 뛰어들고 싶었던 그녀는 학교생활이 지겹게만 느껴졌다. 그녀는 새로운 세계를 알고 싶었고, 자기 문제는 누구의 간섭도 받지 않고 스스로 결정하고 싶었다. 그리고 엄마의 이기적이고 위선적인 자상함과 이제 친아버지도 아닌 것으로 밝혀진 사람의 자폐적인 거리감에서 멀리 떨어져 자신만의 참신한 공간을 가지고 싶었다.

엘레아노르 문제를 두고 레베카와 조지 사이에는 소란한 다툼이 그칠 날이 없었고, 집안 분위기는 최악의 상태로 치닫고 있었다. 레베카는 친부가 아니라는 사실을 폭로한 조지를 격렬하게 비난했고, 조지는 엄마를 닮아 헤픈 딸년을 더는 견디지 못하겠다며 고함을 질렀다.

두 사람은 그렇게 으르렁거리며 독설로 상대의 마음에 상처를 주었다. 결국, 어느 늦은 밤 엘레아노르는 아무도 모르게 옷가지를 챙겨 작은 가방에 쑤셔 넣고 집을 나와버렸다.

그러나 막상 집을 나오자, 엘레아노르는 갈 곳이 없었다. 그녀는 모아놓은 약간의 돈으로 포토맥 강 건너편 버지니아 지구에 방 한 칸을 빌렸다. 그리고 다음 날부터 사회인답게 얼굴을 화장하고, 숙녀 정장 차림으로 사무직 일지리를 구하러 시내 빌딩가를 다녔으나 그녀를 원하는 회사는 없었다.

엘레아노르는 그제야 자신이 사회생활을 해나갈 준비가 되어 있지 않다는 것, 기껏해야 형편없는 시급 일자리밖에 찾을 수 없다는 것을 알았다. 하지만 자존심 때문에 집으로 들어갈 수는 없었다.

밤이 되면 엘레아노르는 아드리안에게 편지를 쓰면서 낮에 일어난 일들을 상세히 들려주었다. 그녀는 오로지 아드리안에게 편지를 쓸 때만이 자신이 하는 모든 일이 의미 있는 것처럼 느껴졌다. 그러나 낮이 되면 일자리를 찾아 하염없이 거리를 헤매면서 견디기 어려운 절망감을 느꼈다.

조지와 레베카는 마음 졸이며 딸을 찾아 헤맸다.

76

집을 나온 지 일주일이 조금 넘었을 때 엘레아노르는 빈민가에 있는 '레드 피콕'이라는 바에서 일자리를 구했다. 바의 여주인 베티 발로프는 고된 삶과 노동으로 찌들어버린 오십 대 여성이었다. 엘레아노르는 홀에서 서빙을 하고 샌드위치와 햄버거를 만들었다.

엘레아노르는 난생처음 남이 먹고 난 음식 접시를 치우고 설거지를 했다. 일이 끝나고 집으로 돌아갈 때쯤이면 온몸에서 기름 냄새가 풍겼다. 낮에는 트럭 운전사들의 질퍽한 농담을 받아넘겨야 했으며 손님들이 장애가 있는 자신의 한쪽 다리를 들먹이는 것도 참아내야 했다.

어느 날, 베티 발로프는 엘레아노르가 보는 앞에서 아무렇지도 않은 듯 칠면조의 목을 따고 나서 그녀에게 털을 뽑으라고 했다. 칠면조의 몸통에는 아직 온기가

149

남아 있었다. 엘레아노르는 손아귀에 힘을 주면서 여주인이 시키는 대로 칠면조의 털을 뽑았다. 그것은 그녀가 그때까지 살아오면서 해 온 일 가운데 가장 역겨운 일이었다.

저녁이 되자 베티 발로프는 엘레아노르에게 칠면조 요리 한 접시를 내밀었다. 그녀는 불과 몇 시간 전에 자기가 털을 뽑은 칠면조의 오톨도톨한 살갗을 보자, 구역질이 났다.

다음 날, 엘레아노르는 레트 피콕에 나가지 않았다.

엘레아노르는 또다시 아드리안에게 편지를 썼다. 그리고 문득 집을 나와 끔찍한 삶을 시작한 지 벌써 3주가 지났음을 깨달았다. 아드리안은 그녀가 자살에 대해 썼던 편지도 아직 받지 못했을 것이다. 엘레아노르는 이런 시간과 공간 사이의 불일치가 신기하게만 느껴졌다.

77

엘레아노르는 집으로 돌아갔다. 아버지를 포옹하면서 사랑한다고 말했다. 그리고 이 세상에서 자기에게 아버지는 조지 한 사람뿐이라고 말했다. 엄마에게도 무례했던 행동에 대해 용서를 빌었다.

엘레아노르는 학교로 돌아가 남은 기간을 무사히 보냈다. 성대하게 열린 졸업식 날 조지와 레베카는 감격의 눈물을 흘렸다.

얼마 후 엘레아노르는 친구들과 함께 차를 타고 레드 피콕 앞을 지나갔다. 오랜만에 보는 이 낡은 바는 더욱 비참해 보였다.

"나, 저기서 일한 적 있어." 그녀가 말했다.

"정말? 믿을 수 없는 얘긴데?" 친구 중 하나가 말했다.

엘레아노르는 레드 피콕에서 일할 때 아버지 조지가 몰래 그곳에 다녀갔다는 사실을 꿈에도 모르고 있었다. 조지는 베티 발로프에게 20달러를 주고 엘레아노르로 하여금 칠면조 털 뽑는 일을 시키게 했다. 그는 엘레아노르가 그런 시련을 견디지 못하리라는 것을 알고 있었다. 베티 발로프에게는 공돈 20달러가 생겼고, 엘레아노르의 일주일치 급여가 굳었으며, 그녀를 해고하는 성가신 과정도 피할 수 있었다. 베티는 엘레아노르가 버르장머리 없는 아이라고 생각했으며, 그렇지 않아도 더 오래 데리고 있을 생각이 전혀 없었다.

78

엘레아노르는 대학에 들어가 문학을 전공했다. 그녀는 어린 시절 알마 고모 덕분에 독서에 열정을 느끼게 된 이래 문학은 자신의 오랜 꿈이었음을 확인했다. 날이 갈수록 엘레아노르는 고모가 자기에게 얼마나 큰 영향을 미쳤는지 새삼 깨닫게 되었다.

대학 강의는 재미있었고, 새로운 사실들을 알아가면서 자신의 존재 역시 고양되는 느낌을 받았다. 엘레아노르는 중앙도서관 3층 한구석에서 인간의 열정과 성찰과 꿈이 만들어낸 문학과 역사에 탐닉했다. 그리고 해가 질 무렵이면 도서관에서 나와 백 년이 넘은 아름드리나무들이 풍경을 아름답게 물들이고 있는 오솔길을 걸어 집으로 돌아갔다. 유대교 회당 앞에는 녹음이 우거진 가로수 길에서 사람들이 여유롭게 산책하거나 개를 데리고 놀고 있었다. 한쪽 다리를 절면서 조지타운 대학

의 오래된 건물을 지나 아버지가 일하는 레빈 음악학교
에 당도하면 잠시 쉬었다가, 왼쪽으로 돌아 집으로 향
하는 길로 들어서곤 했다.

삶은 평화롭고 단순했다. 그녀는 그때까지 지루한 일상
을 벗어나 새로운 것을 찾아 헤맸지만, 이제 반복적인
일상에서 역설적인 평화를 느끼고 있었다. 그것은 놀라
운 발견이었다.

그녀는 바로 이것을 사람들은 '행복'이라고 부르는 것이
아닐까, 하고 생각했다.

79

대학 2학년이 되었을 때 그녀는 문학장르론을 강의하는 리처드 컨스 교수의 수업을 들었다. 그는 학생들에게 누구나 자기 인생의 목적에 도달할 수 있고, 인내는 성공의 어머니이며, 포기하지 않는다면 실패는 없다고 말했다. 컨스 교수는 학생들이 작가가 되기를 꿈꾸고 있음을 알고 있었고, 대학이 그들의 꿈을 말살하고 있다고 생각했다. 그는 학생들에게 낙천성과 자신감과 확신을 심어주었고, 엘레아노르는 그와 거부할 수 없는 사랑에 빠졌다.

이 모험은 그녀를 사랑과 고통의 세계로 밀어 넣었고, 그녀는 그 세계에서 다시는 빠져나오지 못했다.

80

엘레아노르와 컨스 교수 사이가 연인 관계로 발전하기까지에는 5개월의 탐색 기간이 있었다.

1960년 2월 컨스는 엘레아노르에게 처음 전화를 걸었다. 그는 수업 핑계를 대는 따위의 수작을 걸지 않고 단도직입적으로 말했다.

"엘레아노르, 쓸데없이 격식 차릴 필요 없지 않을까? 우리가 서로 원한다면 망설일 것 없이 함께 시간을 보내는 게 어때?"

엘레아노르는 컨스의 이런 솔직담백함이 좋았다. 진심을 말하기 전에 온갖 헛소리를 늘어놓는 지루한 남학생들과는 차원이 달랐다. 엘레아노르는 컨스의 제안에 동의했고, 그는 그녀를 자기 집으로 초대했다. 컨스는 젊은 여성들이 혼자 사는 남자의 아파트에 찾아가는 것을 금기시한다는 것을 잘 알고 있었다. 그러나 그런 금기를 깨고 남녀 간의 신비감을 벗어던진 채 엘레아노르와 노골적이고 실질적인 관계를 맺어보고 싶었다. 부질없 이 선멋을 부린다거나 잘 보이려고 꾸밀 것 없이, 있는 그대로의 자신을 엘레아노르에게 보여주고 싶었다.

엘레아노르는 컨스가 사는 아파트의 계단을 오르면서 약간의 두려움을 느꼈지만, 만약 이렇게 하지 않는다면 둘 사이의 관계가 급속도로 가까워질 수도 없을뿐더러, 문학 교수가 다리를 저는 장애인 여학생과 첫 만남부터 친밀한 관계로 들어가려고 하지도 않으리라 생각했나.

컨스는 무척 들떠 있는 듯했고 그녀를 부엌으로 안내했 다. 그는 엘레오노르가 마치 같은 과 남학생의 집에 놀 러온 듯이 느끼기를 원했고, 그날 저녁 대부분 시간을 부엌에서 보냈다. 그는 부엌에 있으면 가족과 저녁을 먹으면서 오랜 시간을 함께 보내곤 하던 기억이 떠올라

편안한 기분이 든다고 했다. 컨스는 엘레아노르가 소파
나 침대에서 멀리 있을수록 긴장하지 않고 편하게 느끼
리라 생각했다.

사실, 두 사람은 이 모든 배려가 지식인 계층의 남녀들
이 성적 관계로 돌입할 때 치르는 일종의 전략적 의식
에 불과하는 것을 잘 알고 있었다.

컨스는 자신이 좋아하는 영시들을 읽었다. 테니슨, 워
드워스, 키플링, 오스카 와일드에서부터 롱펠로우, 휘
트먼에 이르기까지 여러 편의 시를 읽고 난 그는 그중
에서 휘트먼의 시를 소리 높여 낭독했다.

나와 함께 있으니 마음을 놓아요,
겁내지 말아요.
나는 월트 휘트먼, 내게는 자연처럼

사랑스러운 자유가 있어요.

태양이 그대를 쫓아버리지 않는 한,

나도 그대를 쫓아버리지 않을 거예요.

물결이 반짝이고

잎새가 살랑거리는 한

나 또한 부드럽고 빛나는 말들을

그대 위해 멈추지 않을 거예요.

아가씨, 그대와 만날 약속을 하겠으니

나를 온당하게 맞이할 준비를 해요.

그리고 그때까지

인내하며 온전히 있어요.

그때를 기다리면 나는 그대에게

아주 특별한 눈길로 인사할게요.

그대가 나를 잊지 않도록.

낭독을 마친 컨스는 다정한 눈빛으로 엘레아노르를 바
라보았다.

81

그러나 컨스는 자신이 낭독한 휘트먼의 시 제목이 '어느 싸구려 창부에게'라는 사실을 절대로 엘레아노르에게 말하지 않았다.

82

엘레아노르와 컨스의 만남은 유쾌하고, 여유 있고, 유익하고, 다정했다.

컨스는 여자들을 유혹할 때 사용하는 비장의 카드들을 한 번 더 펼쳐놓았다. 시 낭송, 어린 시절 사진(이 세상 어떤 여자도 이 통통하고 활발한 사내아이의 사진을 보면 마음이 약해질 수밖에 없었다), 학창시절 친구들과의 모험 이야기, 젊은 시절이 남겨준 감동적인 추억들… 스포츠 경기에 출전해서 승리한 이야기는 또 다른 세트의 카드였다. 그리고 외국 여행담, 직업적인 성공담, 피아노 솜씨도 빼놓을 수 없는 유혹의 카드였다.

이런 과정을 거치고 나면 어떤 여자도 그에게 저항할 수 없었다.

1960년 4월, 엘레아노르와 컨스는 처음으로 사랑을 나눴다. 여자로서 엘레아노르는 그것이 첫 경험이었다.

그러나 마흔한 살의 리차드 컨스 교수에게 둘의 관계는 그가 여자를 통해 즐거움을 찾으려는 달콤한 시도의 긴 목록에 포함된 또 한 번의 사례였을 뿐이었다.

때는 1960년 4월이었고, 앨프레드 히치콕은 영화 〈사이코〉의 편집을 끝냈다.

83

두 사람은 연인 사이로 2년을 함께 보냈다. 그들은 동거, 사랑, 섹스, 친구, 계획 등 모든 것을 함께했다.

1961년 여름, 컨스는 엘레아노르를 데리고 바루 화산이 있는 산간 지역으로 여행을 떠났다. 그곳은 코스타리카에서 가까운 파나마 서쪽 치리키 지역으로 사시사철 봄날 같은 날씨가 계속되는 휴양지였다. 파나마 운하를 관리하는 고위 공직자들이 찾아와 휴식하는 오아시스 같은 곳으로, 엘레아노르는 거기서 충만한 행복을 느꼈다. 그러나 컨스는 그곳에서 알게 된 여행 가이드 자네트 글로리엘라 수아레즈 아라우즈와 성관계를 맺었다. 엘레아노르와 함께 살면서 외도는 처음 있는 일이었고, 자네트는 하룻밤 상대였을 뿐이지만, 이 작은 사건이 남긴 여운, 위험한 짓을 할 때 느끼는 희열, 그리고 변화가 주는 쾌락은 그 후로도 오랫동안 컨스의 마음을 떠나지 않았다.

1963년 3월, 존 피츠제럴드 케네디의 재임 기간에 컨스는 문득 가정을 꾸려야 할 때라는 생각이 들었다. 그는 엘레아노르가 자신의 아내가 되기에는 너무 어리고 부족하다고 판단했다. 그는 새로 부임한 문학사 전공 교수 조세핀 슈나이더를 택했다.

엘레아노르는 배반당한 사랑이 남긴 상처로 고통받을 줄 알면서도 사람들은 왜 삶을 지속하는지 이해할 수 없었다. 그녀는 아드리안에게 편지를 썼다.

같은 해 5월, 아드리안은 엘레아노르에게 보내는 편지에서 사람들은 비겁하기에, 혹은 호기심 때문에 삶을 지속한다고 대답했다.

엘레아노르는 이번에야말로 유럽에 가서 고모부와 함께 살기로 마음을 정했다는 편지를 아드리안에게 보냈다.

84

난생처음 비행기 여행을 마치고 제네바 공항에 내렸을 때, 멀미에 시달리던 엘레아노르는 처음 보는 스위스 땅에 먹은 것을 모두 토해놓았다. 그리고 다시는 비행기를 타지 않겠다고 결심했다. 하지만 그녀는 그 결심을 지키지 못했다.

공항에는 아드리안 트로아덱이 그녀를 기다리고 있었다. 그의 숱진 콧수염은 끝이 말려 위로 올라가 있었다. 건장한 체구에 어울리지 않게 작은 깃털 장식이 달린 초록색 모자를 쓰고 있는 그녀의 고모부는 강한 인상을 풍겼다.

엘레아노르는 두려웠다. 그녀는 난생처음 혼자가 되었다. 그것도 처음 와본 낯선 나라에서 혼자가 되었다. 그리고 난생처음 고모부 아드리안 트로아덱을 만났다.

85

스위스에 도착하고 나서 몇 달 후, 엘레아노르는 로잔의 한 사범학교에서 영어를 가르치기 시작했다. 오후에는 고모부 아드리안의 초콜릿 공장 경영을 도왔다.

그렇게 2년이 지나자, 엘레아노르는 젊은이들을 가르치는 일이 적성에 맞지 않는다는 것을 깨달았다.

그녀는 계속 글을 썼다.

그해 미국 의회에서는 흑인의 투표권을 법제화했다.

86

사범학교 동료 교사 중에 늘 우울한 얼굴로 다니는 인도 출신의 하심 툴루라는 젊은 수학교사가 있었다.

엘레아노르는 하심과 7년의 긴 약혼 기간을 보내고 나서 아드리안이 엘레나와 결혼한 장소였던 로잔의 노트르담 대성당에서 결혼식을 올렸다.

그해 방글라데시 자치정부가 탄생했다.

87

약혼 기간에 하심 툴루는 로잔 대학에 교수로 임용되었기에 엘레아노르는 글쓰기에만 전념할 수 있게 되었다. 자신의 삶을 글로 쓰면서 엘레아노르는 생부를 찾기 위해 미국으로 돌아가야겠다는 생각이 들었다.

88

결혼 6개월 후, 엘레아노르는 워싱턴으로 향하는 비행기에 올랐다. 십 년 만의 귀국이었다.

엘레아노르는 양아버지 조지 트랩이 여전히 그곳에 있으리라 믿으며 자신이 태어나고 자란 집 앞에 섰다. 그녀가 대문으로 다가갔을 때 안에서 피아노 소리가 들렸다. 그녀는 드디어 집에 돌아왔음을 실감했다.

89

조지는 마치 옛 정부를 다시 만난 듯이 엘레아노르를 맞아주었다. 그리고 그녀의 친아버지 이름이 '조세프 라드'라고 가르쳐주었다.

엘레아노르는 조세프 라드의 흔적을 쫓아 서부 해안으로 향했다.

조세프 라드는 바다가 보이는 샌디에이고의 작은 집에서 엘레아노르보다 나이가 훨씬 어린 멕시코 여인과 살고 있었다.

조세프 라드는 다리를 절며 다가오는 한 여자를 보았을 때 그녀가 자신의 딸임을 알아보았다. 그러나 그에게 그것은 대수롭지 않은 일이었다.

그는 두 번 결혼했고, 세 명의 딸이 있었다.

90

그들은 이야기를 나누었다. 그는 그녀를 저녁 식사에
초대했고 완벽한 신사로 행동했다.
그리고 두 사람은 다시는 만나지 않았다.
엘레아노르는 로잔으로 돌아왔다.
비행기 안에서 그녀는 눈물을 흘렸다. 그리고 9,000미
터 상공에서 흘린 이 극적인 눈물을 언젠가 글로 옮기
겠다고 다짐했다.

91

하심 툴루를 보자, 그녀가 말했다.

"아이를 갖고 싶어. 지금 당장."

92

9개월 후에 줄리아노가 태어났다.

줄리아노는 툴루 부부의 유일한 아이가 되었다.

3년 후, 아드리안은 병이 들었다. 그의 나이 예순아홉이었다. 엘레아노르는 초콜릿 공장을 도맡아 운영해야 했다. 그녀는 회사 이름을 '그랑 초콜릿 트랩'으로 바꾸었다. 아드리안은 이 새로운 이름에서 어떤 그리움 같은 것을 느꼈다. 이미 세상을 떠난 아내의 이름이 다시 그의 삶 전체를 사로잡았다.

93

줄리아노는 여덟 살에 바이올린을 배우기 시작했다. 그는 비엔나의 명문 악기 제조자 팀 가문에서 1770년에 제작한 낡은 바이올린으로 연습했다. 그것은 오래전에 세상을 떠난 외고모할머니 엘레나 페트론치니가 알바니아에서 가져온 바이올린이었다. 삶과 사랑과 음악이 저음 악기들이 내는 소리처럼 신비롭게 얽히고 있었다.

94

엘레아노르는 프랑스 파리와 리옹에도 지점을 개설했
다. 그녀는 사업을 확장했다. 회사에는 경제 전문가들
과 신뢰할 만한 이사들이 포진하고 있었다.

때는 1981년이었다. 레만 호숫가를 산책하는 사람들은
넋을 잃고 벤치에 앉아 있는 아드리안의 모습을 목격하
곤 했다.

로날드 레이건과 요한 바오로 2세가 테러의 표적이 되
었다. 마드리드에서는 쿠데타가 일어났지만 아무런 변
화도 가져오지 못했다.

95

줄리아노는 국제적 감각을 지닌 활달한 청년이었다. 그에게는 자신의 내면에 공존하는 인도, 미국, 유럽의 문화 가운데 최상의 것들만 살려내는 능력이 있었다. 그는 개방적이었고, 재치가 있었으며, 총명했다. 그는 음악가이자 시인, 수학자였다. 인도인과 서양인의 면모가 섞인 세련되고 의젓한 젊은이였다. 여자들은 모두 그를 좋아했다. 대학에서 그는 철학을 전공했고, 좋은 친구들을 사귀었다. 그들은 더 나은 세상을 만들 수 있다고 믿었고, 사르트르가 말했듯이 행동하지 않는 지성인은 기술자에 불과하다고 생각했다.

96

줄리아노는 어머니와 가족의 이야기를 듣고 싶어 했다. 그리고 언젠가 그 이야기를 글로 쓰겠다고 어머니에게 약속했다. 그러나 그 약속은 지켜지지 않았다.

그는 바이올린을 연주했고, 사르트르를 읽었다. 그는 스위스에서 열린 올리비에 메시앙의 〈세상의 종말을 위한 4중주곡〉 연주회에 바이올리니스트로 참여했고, 대학 오케스트라의 지휘를 맡았다. 엘레아노르는 그를 볼 때마다 고모부 아드리안을 떠올리곤 했다.

어느 날 창백한 얼굴로 집에 돌아온 줄리아노는 침대에 쓰러져 일어나지 못했다. 특별한 병명은 없었지만, 줄리아노에게는 항체가 부족했다. 왜 그런 증세가 생겼는지 아무도 알 수 없었지만, 그의 무기력증은 항체 부족에서 생긴 결과였다.

엘레아노르는 알마 고모가 어린 시절 자신에게 그렇게

했듯이 병든 아이를 잠재우듯 줄리아노에게 동화책을 읽어 주었다.

"앨리스는 언니 옆에 앉아 있는 것이 몹시 지루했어요. 앨리스는 일어나서 데이지 꽃을 꺾어 꽃다발을 만드는 것이 재미있겠다고 생각했어요. 그때 갑자기 눈이 빨간 흰 토끼가 나타나서…."

줄리아노는 한편으로 어머니의 이런 행동이 유치하다고 생각했지만, 이를 계기로 어머니의 모성애를 감동적으로 실감할 수 있었다. 엘레아노르 역시 줄리아노가 병석에 누워 있는 동안 아들과 진심으로 소통하고 있음을 느꼈다.

97

줄리아노의 병세를 걱정하는 친구들이 자주 병문안을 오곤 했다. 그들 사이에 낯선 얼굴이 눈에 띄었다. 같은 과에 다니는 폴란드 여학생 카롤리나 바뮤타는 밀크 아몬드 트랩 초콜릿 한 통을 손에 들고 줄리아노를 찾아왔다. 그녀는 그 초콜릿을 친구인 줄리아노 집안에서 제조했다는 사실을 전혀 모르고 있었다. 그녀의 행동이 그 자리에 모인 사람들을 한바탕 웃게 했다. 시간이 흐르면서 줄리아노의 상태는 많이 호전되었다.

2001년 7월, 그는 병상에서 일어났고 얼마 후에 카롤리나를 포함한 그의 친구들과 이탈리아로 여행을 떠났다.

98

2001년 7월 21일, 줄리아노는 스물일곱의 나이로 이탈리아 제노바에서 사망했다.

줄리아노는 G8 정상회담이 열리는 제노바에서 세계화 반대주의자들과 공권력이 격렬하게 충돌하는 가운데 경찰이 발포한 총탄을 맞고 쓰러졌다.

알리몬다 광장 바닥에 쓰러져 있는 젊은이의 영상을 최초로 내보낸 것은 이탈리아 국영 TV였다. 그의 옆에는 짧은 머리의 젊은 여인이 울고 있었다. 엘레아노르는 사건 발생 세 시간 후 스위스 TV 방송 뉴스를 통해 이 참사를 목격했다. 그녀는 화면에서 아들과 그의 친구들을 알아보았다.

99

로잔과 제네바와 파리와 워싱턴에서 이름도 얼굴도 모르는 수많은 사람이 그랑 초콜릿 트랩에서 생산한 초콜릿을 먹고 있었다. 그러나 그 초콜릿 하나하나에 어떤 사연과 추억과 희망이 깃들어 있는지를 아는 사람은 아무도 없었다.

2002년 5월 31일, 아드리안은 로잔 시립병원에서 사망했다. 담당 의사는 사망확인서에 사인을 '자연사'라고 기재했다.

같은 날, 한국과 일본에서는 월드컵이 공동개최되었다.

100

엘레아노르는 마치 시트로 덮어놓은 아이의 시신처럼
천에 싸인 채 낮은 테이블 위에 놓여 있는 비엔나 바이
올린을 물끄러미 바라보았다. 그리고 창가에 기대어 시
선을 레만호로 돌렸다. 호수의 표면은 수많은 유리 구
슬을 뿌려놓은 듯 정오의 햇살을 받아 눈부시게 반짝였
다. 엘레아노르는 갑자기 견딜 수 없는 상실감이 밀려
와 비명 같은 울음을 터뜨리며 바닥에 쓰러졌다.

초콜릿Sabor a chocolate ǀ **지은이** José Carlos Carmona ǀ **옮긴이** 정세영 ǀ **펴낸이** 임왕준 ǀ **편집인** 김문영 ǀ **교정** 양은희
1판 1쇄 발행일 2011년 6월 10일 ǀ **디자인** 디자인 이숲 ǀ **펴낸곳** 이숲 ǀ **등록** 2008년 3월 28일 제301-2008-086호 ǀ **주소** 서울시 중구
장충동1가 38-70 ǀ **전화** 2235-5580 ǀ **팩스** 6442-5581 ǀ **홈페이지** http://www.esoope.com ǀ **e-mail** esoope@korea.com
ISBN 978-89-94228-20-4 03870 ⓒ SANTILLANA EDICIONES GENERALES, S.L. Korean Translation ⓒ ESOOPE Publishing 2011

■ 이도서의 국립중앙도서관 출판시도서목록(CIP)은 e-CIP홈페이지(http://www.nl.go.kr/ecip)와 국가자료공동목록시스템
(http://www.nl.go.kr/kolisnet)에서 이용하실 수 있습니다.(CIP제어번호: CIP2011002062)
■ 이 책은 환경보호를 위해 재생종이를 사용하여 제작하였으며 한국간행물윤리위원회가 인증하는 녹색출판마크를 사용하였습니다.